여군은 초콜릿을 좋아하지 않는다

여군은 초콜릿을 좋아하지 않는다

2006년 11월 21일 초판 1쇄 펴냄
2017년 6월 1일 2판 1쇄 펴냄
2020년 11월 20일 2판 3쇄 펴냄

펴낸곳 (주)도서출판 **삼인**

지은이 피우진
기획 제3의작가
펴낸이 신길순

등록 1996.9.16. 제25100-2012-000046호
주소 03716 서울시 서대문구 성산로 312, 북산빌딩 1층(연희동)
전화 (02) 322-1845
팩스 (02) 322-1846
전자우편 saminbooks@naver.com

표지디자인 (주)끄레어소시에이츠
제작 수이북스

© 피우진, 2017

ISBN 978-89-6436-129-0 03810

값 13,000원

여군은 초콜릿을 좋아하지 않는다

피우진 지음

삼인

내 나이 쉰둘, 하늘이 내게 준 명의 의미를 안다는 지천명(知天命)을 넘었건만 아직도 미망(迷妄)의 시간을 보내고 있는 부족한 내가 책을 낸다. 탈고된 원고를 보고 스스로 얼마나 안쓰럽고 부끄러운지 ……. 하늘 아래 온전히 숨을 곳이 있다면 들어가 있고 싶다. 그런데 이렇게 스스로 어리석음을 감수하면서 나를 드러내는 까닭은 딱 한 가지! 금일아행적(今日我行跡) 수작후인정(遂作後人程), 눈 위에 남긴 내 발자국이 다음 사람의 길이 되기를 바라기 때문이다.

서점에 나가보면 진심으로 존경이 우러나오는 훌륭한 분들의 책이 넘쳐 난다. 하지만 세상 모든 사람들이 다 어찌 '난 삶'만 살까……. 남들이 알지 못하는 어두운 곳에서 보이지 않는 벽을 넘고 부수며 좌충우돌 헤매다 좌절하고 절망하는 수많은 민생들이 더 많으리라. 특히 남성 중심의 문화 속에서 사회 첫발을 내딛는 우리 여성 후배들은 차별과 구별이 무엇인지도 모르고 앞에 놓인 장애물들을 헤쳐 나가기 바쁠 것이다. 인생의 길은 항상 탄탄하지 않다. 고속도로처럼 쭉 뻗은 길을 가다가도 때로는 오솔길로 빠지고 웅덩이도 패어 있는 울퉁불퉁한

숲길에서 길을 잃기도 할 것이다. 그렇게 길 잃은 우리 후배들이 인생의 어둠을 이해하고 극복할 수 있는 용기는 어디서 얻을까?

성공한 여성 선배들의 사례와 함께 나같이 패배의 쓰린 기억을 가지고 있는, 고생한 여성 선배들도 그녀들에게 어둠을 헤치고 나아가는 방법을 알려 주어야 한다고 본다. 왜? 우리 여성 후배들이 살아갈 세상이 결코 만만치 않다는 것을 알기 때문이다. 후미진 길에 대한 안내도 또 다른 이정표가 되리라 믿는다.

얼마 전 여군 창설 56주년 행사가 국방부 국방회관에서 성대하게 치러졌다. 국무총리를 비롯한 정부 각료와 국회의원, 그 밖에 군 내외 인사 등 많은 분들이 참석해서 축하해 주었다. 그러나 이 화려한 행사에서 진정 축하 받아야 할 대상인 여군들의 모습은 잘 보이지 않았다. 전후방 곳곳에서 팽팽한 긴장과 피로 속에서 격무에 시달리고 있는 여군 후배들이 화려한 행사장에 나오기는 하늘의 별따기처럼 어렵다. 그럼에도 언론은 그런 행사에 참석한 여군 장성, 전투기 조종사, 수석 졸업자 등등 성공한 여군들에게만 카메라 초점을 맞춘다. 하지만 50년 넘는 세월 동안 남성 중심의 군 문화 속에서 여성의 자리를 찾기 위해

피땀 흘려온 사람들은 이름 없는 대다수의 여군들과 사회 각지에서 보이게 보이지 않게 도와준 분들이다.

실제 우리 여군 후배들은 여군 창설일조차도 모른다. 지금 이 순간에도 얼마나 많은 여군 후배들이 일선에서 분노와 좌절을 느끼고 있을지 상상하면 가슴이 짜안하니 아파 온다. 생각해 보면, 어디 군대만 그럴까⋯⋯. 회사 생활을 하는 여성들 대개가 조금만 의식을 가지고 주변을 돌아다보면 분노가 치솟을 것이다. 아니, 도리어 군대는 계급장이 있어서 더 수월할지도 모르겠다. 모든 것이 투명한 공직 생활이 여성들을 도리어 보호할 때도 있다. 하지만 개인이 운영하는 작은 사무실이나 중소기업의 여성들은 사장이나 대표 이사가 가진 가치관에 의해 자기 삶이 흔들리는 위기를 맛보기가 더 쉽다. 소수의 여성들은 다수의 남성이 근무하는 조직 속에서 섬이 될 수밖에 없다.

그런 후배들에게 힘이 되어 주고 싶다. 선배들이 어떻게 모진 세월을 견디어 가면서 오늘을 만들었는지, 지금 이 순간에도 어떻게 투쟁하며 살고 있는지 온전하게 보여 주고 싶다. 성공한 여성만이 답은 아니다. 어떠한 굴욕이나 장벽에도 굴하지 않고 하루하루 성실하게 자기 길을 걸어가는 그런 모습을 보여 주고 싶다.

현재 나는 국군 의무사 소속으로 전역 심의 대기 중이다. 27년간의 군 생활 끝에 나는 지금 갈림길에 서 있다. 불명예스럽게 전역할 것인가, 아니면 지금 항공에서 나를 기다리는 내 동료들과 부하들에게 돌아가 남은 군 생활을 명예롭게 마칠 것인가……. 이 중요한 일이 내 의지가 아니라 타의에 의해 결정되려 하고 있다.

나는 2002년 10월에 유방암 판정을 받고 가슴 절제 수술을 받았다. 다행히 초기라서 휴가를 내어 수술을 받고 건강하게 항공학교로 복귀해 잘 지내 왔다. 한 번의 수술이 어떻게 보면 내 인생을 더 가치 있게 만들기도 했다. 작은 병이 남은 여생을 더 건강하게 하듯이 매일매일 등산을 하며 체력을 키웠고, 일과 중에는 부하들과 유쾌하게 어울리며 보람찬 시간을 보냈다. 주변에서는 많은 분들이 용기를 주었으며, 부대장이나 동료들도 더 씩씩한 모습으로 근무하는 내게서 배우는 것이 많다고 했다. 그렇게 3년을 보냈다.

그런데 지난해 9월, 갑자기 새로 부임한 항공학교장이 행정적인 문제를 제기했다. 신체 일부분이 없다는 이유로 항공 조종사 자격을 해임한다는 것이다. 지금까지 3년이나 잘 지내 왔고 병원에서도 완치되었다는 판정을 받았는데, 기가 막혔다. 부대원들의 반발에도 불구하고 일은 신속히 진행되어서 지난해 9월 나는 내 가슴에서 17년간 빛나던 윙을 떼고 말았다. 그리고 그들은 나를 군 병원으로 강제 이송했고, 지금까지 1년여를 두 군데의 군 병원을 전전하며 검사도 치료도 없이 지리한 연금 같은 병원 생활을 해왔다. 그리고 이제 전역심사위원회에서 있을 최종 판결을 기다리고 있다.

의학이 발달한 만큼 군 규정이 발전하지 못한 것을 시인한 국방부에서 뒤늦게 군 규정을 개정하려 하고 있지만 계속 늦어지고 있다. 현재 규정대로라면 3년 남은 군 생활을 채우지 못하고 전역하게 될 것이다. 아쉽다.

군을, 여군을 너무나도 사랑하기에 27년간 모순된 제도와 치열하게 싸워 왔다. 나의 항공 호출명은 피닉스(불사조)이다. 우연히 그런 호출명을 받았는데, 생각해 보면 내 삶이 불사조 같은 모습이라서 보이지 않는 힘이 그렇게 연결해 주었나 싶은 생각도 든다.

남성 중심의 문화를 상징하는 '군'에서, 화려한 비상보다는 서글픈 차별을 더 많이 겪으며 지금도 황산벌 바람을 고스란히 맞고 서 있는 나. 30년이라는 긴 세월 끝에 무엇이 남아 있을까? 그토록 사랑했던 군, 그리고 후배들에게 내가 지나온 길의 흔적을 보여 주고 싶다. 그들만큼은 다시는 이런 길을 가지 않도록, 아니, 어쩔 수 없이 가게 되더라도 나보다 더 현명하고 씩씩하게 가도록 조금이라도 도움이 되었으면 싶다. 그것이 이 책을 쓰게 된 동기다.

그동안은 그런 나의 바람을 실천하기에는 어떻게 해야 할지 아는 것도 없고 시간도 없었다. 그런데 다행인지 불행인지 군에서 많은 시간 대기를 시켜 주었다. 덕분에 시간이 많았다. 그 시간 동안 '제3의 작가'에 계신 임영태 작가님과 윤구 실장님, 그리고 인권실천시민연대의 오창익 국장님 등 많은 분들이 도와주셨다. 또한 책 출판을 흔쾌히 맡아 준 삼인출판사의 홍승권 부사장님에게 고마운 마음 가득하다.

마지막으로 언제나 나에게 커다란 믿음과 용기를 준 사랑하는 후배 김은경에게 각별한 고마움을 전한다.

가능한 담담하게 쓰려고 노력했다. 감정에 휩쓸려 내가 사랑하는 군을 매도하거나 관련된 분들의 명예를 훼손하는 일이 없도록 표현하

10

려고 애를 썼다. 그러다 보니 도리어 이런저런 사건들은 사실보다 축소된 느낌이 없지 않다. 하지만 진실은 알고자 하는 사람에게만 통하는 법! 그 진실이 전해져서 이 책이 누구보다 우리 후배들이 걸어갈 길에 시행착오를 줄이는 이정표가 되기를 바란다.

글을 쓰면서 나도 얻은 것이 많다. 내 군 행적을 돌아보니 잃은 만큼 얻은 것도 많다는 감사의 마음을 가지게 되었다. 버린 만큼 채워지는 삶, 그 삶의 지혜를 이 부족한 책에서 찾을 수 있기를 독자 여러분들에게 기대한다.

황산벌을 바라보며
2006년 11월, 피우진

차례

1부 | 정의의 꼬마 사도, 여군이 되다

2부 | 여군, 꽃이 되고 싶지 않은 꽃들

3부 | 오늘도 나는 입대하는 꿈을 꾼다

　지난 2006년 11월, 이 책을 발간하고 어느새 10년이란 세월이 지나갔다. 2007년 10월 국방부 항소심에서 승소한 후, 2008년 5월 28일자로 나는 다시 군복을 입을 수 있었다. 다시 밟은 연병장 잔디, 그리고 그날 신고식 때 입은 푸른 전투복은 수많은 우리 동료 군인들, 그리고 사랑하는 후배들이 기본적인 인권을 박탈당하지 않도록 노력하리라는 다짐의 의미였다.

　항공학교에서 30년의 임기를 다 마치고 명예롭게 전역하는 2009년 9월 30일에는 전역식장에서 '날보러 와요'를 불렀다. 후배들이 힘들 때, 그리고 부당한 일로 고통 받을 때 내가 기필코 다시 찾아오리라는 다짐을 노래로 부른 것이다. 그 자리에 있는 후배들을 위한 헌사였는데, 그때 모 기자가 촬영을 해서 그 영상이 지금도 유튜브에 회자된다고 하니 부끄럽긴 하다. 워낙 노래를 못 부르다 보니 도저히 나는 다시 볼 수는 없었지만 그 영상을 본 후배들이 간간히 나를 찾아오기도 하는 것을 보면 잘 한 일 같기도 하다.

　그 중에서 기억나는 이는, 부당한 성희롱에 고통당하다가 스스로 유명을 달리한 우리 여군 후배의 억울함을 해결하고자 가해자를 대상으로 군 재판정에서 소송중인 후배 부모님을 돕는 단체의 간사였다. 그 간사는 내게 '왜 용감한 여군 대위가 불의에 맞서서 싸우지 않고 그런 선택을 했는가?' 물었다.

군에서 근무해 본 여군이라면 누구나 한번쯤 소외감, 막막함, 그리고 부당함에 대해 치밀어 오르는 분노를 느낀다. 말하기도 난처하고 제대로 표현하기 어려운 미묘한 분위기에 짓눌리는 정서적 차별이 아직도 군에는 많다. 여군들이 군 안에서 겪는 여러 유형의 차별과 폭력 중 성(sex)과 관련된 일은 더더욱 우리 여군들에게 분노와 두려움, 고통과 좌절감을 안기고 공황장애 같은 우울에 빠져 들게 한다. 그런 우울감 속에서 자신을 포기하기까지 여군 후배를 방치한 군의 행태를 보면서 나는 또 한 번 분노해야 했다.

아직도 여군의 문제는 끝나지 않았다. 군 전체 장교 부사관 중 5.6 퍼센트에 해당하는 1만 명으로 늘어난 지금까지도 애매한 소수자로서 숱한 차별과 불평등 속에서 우리 여군후배들은 고통을 받는다. 그래서 나는 2008년에 진보신당 국회의원 비례 대표로 출마도 했다. 여성들 특히 여군들에게 희망적인 정책을 제시하기 위한 방법으로 가장 여군을 잘 이해하고 특히 인권에 민감한 당을 선택했다. 물론 군의 선후배 중에는 왜 그렇게 좌파 정당을 선택했냐고 나보고 '빨갱이'라고 대놓고 말하는 이도 있었다. 그들에게 나의 선택이 오직 '여군의 권익' 그리고 이 세상을 살아가는 소수자들의 인권을 위한 것임을 설득하기엔 내 말주변이 부족했다. 그 때의 도전은 내게 큰 자양분이었다.

그러던 2016년 가을, 대선 캠프 준비 모임에 참여 중인 여군 후배로부터 '젊은여군포럼' 결성에 대한 제안이 들어왔다. 내게 대표로서 활동해 달라는 부탁이었다. 처음엔 진보신당 출신으로 짧게 참여했던 정치라는 것이 군인으로 살아온 내게는 맞지 않는 옷이라는 생각으로 거절했다. 그러나 후배들은 정치가 아닌 우리 여군들이 살아가는 미래 세상을 위한 준비로 생각하자며 나의 아킬레스 건을 건드렸다. '그래, 맞아. 이제 내 나이 예순둘. 살 만큼 살았고 남은 삶은 후배들을 위해서 조금 더 해보자'라는 생각으로 젊은여군포럼의 대표직을 수용했다. 그리고 '사람 중심의 세상'을 꿈꾸는 후보를 위해서 열심히 지지 선언도 하고, 우리 현역 여군들에게 필요한 정책도 입안해서 공약에 반영하였다. 그 결과 2017년 5월 9일 정권교체가 완수됐고 나는 지금 우연치 않게 국가보훈처장이라는 새로운 위치에 서 있게 되었다.

그저 내가 사랑하는 여군 후배를 위한 활동이었는데, 하다 보니 소외된 우리들의 애국자인 보훈 가족들에게까지 나의 관심은 확장되었고 캠프에서 보훈위원회 활동을 하면서 나라를 위해 목숨을 바치고 신체를 잃기도 한 우리 예비역 선배들과 애국자들의 늙고 초라한 모습을 보면서 또다시 마음이 아팠다. 여군도 여군이고, 이제는 소외된 우리들의 이웃, 특히 나라를 위해 애쓰신 선배님들과 그들의 가족을 돌보는 것이 나의 소명이라고 생각하고 오늘 이 자리에 서 있다.

원래는 그간의 삶을 정리해서 다시 책을 보완하는 것이 저자로서 도리이나, 며칠 전 뜻하지 않게 임명된 이 자리가 사적인 글쓰기를 허락하지 않는 자리이다. 부족한 나의 이력에 관심을 가져 주시는 분들이 책을 찾는 데 어려움이 있다고 해서 독자들이 궁금해 하실 나의 근황을 몇 자 보태는 것으로 죄송함과 인사를 대신한다.

나 피우진은 이제 우리 여군들과 함께 이 시대 소외된 우리 예비역 선배들과 독립운동가들 그리고 5.18민주화 운동과 4.19혁명에 가담했던 당시 젊은 청년들과 그들의 가족들을 위해서 이 한 몸 바치고자 한다. 갈수록 척박해져 가는 세상에서, 주변을 돌아보면 여군과 보훈 가족과 장애우 같은 소외된 분들이 늘 존재한다. 그 분들이 이제는 나의 가족이고 내가 함께할 분들이다.

독자 여러분들의 과분한 사랑에 보답하는 길이 이런 '함께함' 이라 생각하면서 예순셋의 봄을 바람에 날려 보낸다.

세종시의 고요한 호숫가 마을에서

2017년 5월, 피우진

이 시대 마지막 아마조네스!

윌슨러닝코리아 LAG그룹장 김은경(예비역 여군 대위)

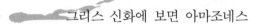그리스 신화에 보면 아마조네스
(Amazon의 복수형)라는 여자 무사들이 나온다. 전투의 신 아레스와 님
프인 하르모니아의 자손으로서, 남자가 태어나면 이웃 나라로 보내거
나 죽여 버렸다. 그리고 여자만 남아 활을 쏘기에 편하도록 어렸을 때
오른쪽 유방을 도려내 버리고 키웠다고 한다. 그러나 헤라클레스, 테
세우스와 같은 남성 영웅들의 공격을 받기도 하고, 끝내는 아킬레우스
의 손에 아마조네스의 여왕 펜테실레이아가 죽으면서 패배를 맛본 비
극적인 여전사들이다.

내가 본 피우진 선배님은 30년 동안 군을 정글 삼아 밀림을 헤치고
끊임없이 자기 길을 막는 적들과 치열하게 싸워 온 이 시대 마지막 아
마조네스이다.

피우진 선배님을 보고 아마조네스의 이미지가 처음 떠오른 것은

2002년 유방암 수술을 받았다는 소식을 듣고 문병을 갔을 때이다. 암에 걸린 한쪽 유방과 함께 멀쩡한 다른 쪽까지도 절제했다는 이야기를 아무렇지도 않게 하면서 "은경아! 아쉽기보다는 차라리 시원하고 좋다"라며 껄껄거렸다. 그 모습을 보며 "이 선배, 옛날에 태어났으면 딱 아마조네스 전사네"라는 이야기를 함께 문병 간 후배들과 주고받았다.

유방암 수술을 받으면 대부분의 여성들은 암보다도 유방 절제 자체가 더 충격적이라는데, 피우진 선배님은 평소 군사 훈련을 받거나 비행하는 데 가슴 때문에 불편했다며 양쪽을 다 절제했다. 그러고는 아무런 미련도 없다고 도리어 시원해 하니 전생에 아킬레우스 손에 죽은 아마조네스의 여왕이 아니고서야 어찌 이럴까. 나는 그때 확실하게 또 느꼈다. 이 선배님은 아마조네스들처럼 밀림 속에서 적들의 손에 패배할 운명을 타고난 이 시대 마지막 여전사라고.

12년의 군 생활, 그리고 7년의 사회생활을 하면서 나는 내 첫 부임지인 육군본부 여군대대에서부터 2군단, 국방부 등 피우진 선배님과 계속 같은 부대 또는 같은 지역에 근무하면서 만남을 지속해 왔다. 선배님이라기보다는 항상 친구처럼 후배를 대해 주시는 활달한 자유로움 때문에 나를 비롯한 후배들이 그녀를 무척 따르고 좋아했다. 그렇게 19년간 곁에서 지켜본 피우진 선배님은 자신의 운명을 따라 묵묵히 자기 길을 가는 타고난 군인이었다.

피우진 선배님은 눈만 뜨면 군! 입만 열면 군! 아니, 그 앞에 '여(女)' 자가 붙어야 정확하다. 오로지 여군, 여군……. 마치 스님들의 화두처럼 의식에서 잠시도 떼어 놓지를 못한다. 어느 때는 그런 선배가 지겨워서 "선배님! 편집증 아니에요? 이제 그 여군 좀 잊어버리고 삶을 즐기세요. 군대가 그렇게 좋으세요?"라고 화를 낸 적도 있다. 그 때 선배님은 화를 내기는커녕 씨익 웃기만 하다가 다음에 만날 때 잊지 않고 이렇게 말했다.

"은경아! 네 질문에 대해 곰곰이 생각해 보았는데, 난 군이 좋아. 군이 좋다기보다 군에 오는 사람들이 좋아. 병사들과 함께 있을 때 가장 존재감을 느껴. 그들을 보호하고 잘 데리고 있는 게 보람 있기 때문에 군복이 자랑스럽고 내가 있는 이 군이, 여군들이 내 인생의 가장 큰 가치야. 내가 사랑하는 사람들이 있는 군, 내 존재 가치가 느껴지는 군을 좋아하면 그게 편집증이니? 그런 내가 편집증 환자라도 좋아. 내가 행복하니까."

그 말을 듣는 순간 난 갑자기 멍해지면서 한쪽 가슴이 찐하게 시려왔다. 그리고 피우진 선배는 나 같은 속물들과는 다른 사람이라는 것을 절실히 깨달았다. 그리고 그녀의 '다름'이 얼마나 귀한 가치인가에 대해 다시 생각하게 되었다.

나에게 군은 한때 몸담았던 직장에 불과했다. 그리고 나뿐만 아니라 다른 동료들, 특히나 대다수의 남성들에게 군은 의무로 마지못해 오는 지겹기 짝이 없는 조직이거나 가족들의 생존을 위한 밥벌이의 장이다. '공무원'으로서 일정 계급까지 진급해 연금 타는 것을 지고지순한 가치로 여기고, 60만 대군이라는 공룡 조직이 가지는 여유로움을 즐긴다. 심지어는 계급이 올라갈수록 그만큼 많이 주어지는 권력에 천착해서 아랫사람을 마치 사적인 노예처럼 부리며 추하게 사는 사람들조차도 있다. 이런 나 같은 속물들에게 군에서 외치는 조국수호니 인화단결이니 국민도장이니 하는 구호들은 위선과 허식에 불과하다. 차라리 모병제로 프로페셔널하게 운영되는 미군들을 보면 부러울 지경이다.

그리고 직장 생활을 하는 내게 군은 사회의 여타 기업과도 다르게 보이지 않는다. 단지 추구하는 전략과 운영 메커니즘이 다를 뿐 21세기 자본주의 시대가 주는 천박한 황금만능주의와 권력, 명예 등의 인간 욕망에 충실하다는 것에 대해서는 동일하다. 때문에 이 시대에 천직(天職)이라는 것, '직업이 나의 놀이이고 내 생의 모든 것'이라는 가치관은 소멸된 지 오래라고 생각해 왔다.

얼마 전 텔레비전에서 별을 단 모자를 쓴 머리 하얀 어르신들이 미군 작전통제권 환수를 반대하는 시위를 벌이는 것을 보았다. 애국심에서 그럴 수도 있겠지만 나 같은 사람 눈에는 그것이 군에서 누린 기득권을 전역한 이후에도 두고두고 누리면서 자신의 권력을 행사하는 것으로 비추어졌다. 그리고 분단된 국가에서 군부 독재 정치라는 암울한 역사를 가진 한국의 군이 아직도 안보를 볼모로 해서 수많은 젊은이들의 청춘을 담보하는 것에 대해 개탄해 마지않는다. 그런데, 그런 군을 사랑하고 군인으로 사는 것이 운명이자 천직이라고 외치는 피우진 선배님이 내게는 얼마나 놀랍고 감동적이었겠는가?

가만히 생각해 보면 텔레비전에서 본 머리 하얀 어르신들처럼 군에서 화려하게 스포트라이트를 받으며 살아가는 사람들만 있는 것이 아니라 피우진 중령님처럼 군 본연의 가치를 꿋꿋하게 지켜 나가는 순수한 군인들이 더 많을지도 모르겠다. 어둠이 있어 빛이 더 환한 것처럼 피우진 선배님과 같이 그늘에서 묵묵히 일하는 군인들이 있어 한국군이 그나마 가치 있는 존재로 국민들에게 대접 받는 것이 아니겠는가.

피우진 선배님은 마지못해 군에 온 병사들을 보면 항상 마음이 짠하고 그들과 함께 땀 흘리고 호흡할 때가 가장 행복하다고 입버릇처럼 말했다. 그리고 계급이 낮다고 해서 그들을 무시하거나 하대하는 것을 본 적이 없다. 그래서인지 항상 부대원들에게는 가장 인기 있는 지휘관이었다. 때문에 윗분들 중에는 그런 피우진 선배님을 싫어하는 분들도 종종 있다. 윗사람한테는 규정대로 하셔야 한다고 바른 소리 잘하면서 아랫사람에게는 인자하고 너그러운 엄마 같은 피우진 선배님이 불편하기도 했을 것이다.

지금도 겨울이면 영하 20~30도까지 내려가는 고지에서 보초 서는 병사들을 격려하며 긴 겨울밤 내내 무릎이 나가도록 산을 오르락내리락하는 수많은 군인들……. 진급과는 거리가 먼 자리에서 자신의 존재 가치와 그에게 속한 귀한 생명들의 존재 가치를 지키고자 애쓰는 사람들. 그들은 자신이 속해 있기에, 그리고 그들이 귀하게 여기는 벗들, 부하들이 있기에 군을 사랑한다. 그들에게 군은 진급의 대상, 출세의 대상이 아니고 사랑하는 사람들이 속해 있는 인격체로 다가온다.

피우진 중령님과 같은 전사들에게 군은 겨울이면 따뜻하게 입히고, 여름이면 시원한 물을 끼얹어 주어야 하는 모성애의 대상이다. 그들이 지켜 온 가치의 정수가 피우진 선배님의 인생 목표이자 운명이다. 그리고 그런 군의 가치를 나 같은 후배들에게 일깨워 준 분이 바로 피우진 선배님이시다.

22

하지만 그런 피우진 선배님과 같은 순수한 여자 군인이 살아남기에 군이라는 정글은 너무나 척박하다. 정글에는 규칙이 있다. 약육강식의 먹이 사슬!

그러나 아마조네스는 정글에서 패배할 수밖에 없는 육체적·사회적 한계를 가진 여성이다. 자신의 유방을 도려내고 죽음으로 맞서더라도 힘으로 제압해 오는 맹수들 앞에서 패배하는 운명이다. 그런 패배의 굴욕과 아픔을 고스란히 견디어 내고 자기 길을 지키기란 쉽지 않다. 그런데 피우진 선배님은 꿋꿋하게 자기 길을 걸어왔다.

그런 피우진 선배님과의 몇 가지 에피소드가 떠오른다. 1988년이었다. 당시 대위였던 피우진 선배님은 여군 하사관을 군사령관 술자리에 내보내지 않아 군사령관의 노여움을 샀는데, 다시 여군단으로 복귀할 때였다. 그때 나를 비롯한 우리 동기들은 소위로 채 후보생 티도 못벗은 때였는데, 피우진 대위의 여군단 복귀는 하나의 전설이자 영웅담이었다. 자기 부하의 명예를 지키기 위해 4성 장군과 맞서 싸우다니, 대단하지 않은가?

그녀의 활약상은 바람결에 들려왔고, 젊은 우리들은 용산에 있는 어느 침침한 맥주 집에서 남성들의 탐욕과 속물근성, 그리고 그런 피우진 대위를 보호하지 못하고 시류에 편승해서 몰아붙이는 비겁한 여군 수뇌부를 성토하느라 밤새는 줄 몰랐다. 그런 피우진 선배님은 소령 진급 예정자였는데도 대위 자리인 여군대대 중대장으로 유배 조치를 당했다. 그런 처사는 전역을 하라는 압력이었다.

그녀가 부임하는 날, 대대 참모였던 나는 중대장 취임식 사회를 보았다. 수백 명의 여군 하사관들이 칼같이 줄을 맞추어 도열하고 여군단의 쟁쟁한 윗분들이 단상에 앉아 있는 식장, 대대장의 길고 의례적인 환영사에 이어 중대장 취임사 시간이 되었다. 그런데 영웅담의 주인공이라기에는 너무나 몸이 날씬해서 코스모스 같기만 한 아름다운 삼십대 초반의 여성이 단상에 올라섰다.

그녀가 도열한 병력을 좌우로 일별한 뒤 단상에 앉은 윗분들에게 날카로운 눈빛을 던지는 순간! 난 숨이 탁 막혔다. 그 눈매에 어린 서릿발 같은 기상과 분노가 얼마나 무섭고 생생한지……. 나뿐만 아니라 그 순간 온 식장이 얼어붙은 듯 조용해졌다. 그 여린 몸매의 날카로운 눈빛을 가진 피우진 대위는 딱 한마디를 하고 돌아서 나왔다. 그것은 "나 피우진이다!"라는 한마디였다. 그런데 그 한마디는 '난 살아 있다. 난 가치 있는 존재이다. 난 아무리 짓밟혀도 살아난다. 부조리한 당신들을 용서치 않으리라' 이런 메시지들이 가득 담긴 몸짓이었다.

형식을 파괴하는 그 말과 몸짓이 가진 위력이라니! 그 위력이 윗사람에겐 마냥 불편했지만 나같이 젊은 부대원들에겐 그저 매력적이기만 했다. 그 후에도 그녀를 중심으로 뭉친 우리 젊은 부대원들은 틈만 나면 부하들을 하인 부리듯 못살게 구는 윗분들을 골탕 먹이며 즐거운 추억을 만들곤 했다.

이런 일도 있다. 노처녀 히스테리가 많은 여군 대대장님께서는 토요일 오후 1시면 간부회의를 소집했다. 이십대 혈기왕성한 우리들은 그런 대대장님의 길고 지루한 회의 때문에 늘 토요일 오후를 망치곤 했지만 감히 거역하거나 벗어나기 힘들었다. 그런 어느 날 피우진 선배님은 우리를 데리고 12시 50분 정각에 전원 사복으로 갈아입고 대대 뒷문으로 탈출극을 연출했다. 탈출한 우리는 그 길로 북한산 정상에 올라 야호를 외치고 내려오는 길에 주막에 들러 막걸리 한잔을 마시며 〈쇼생크 탈출〉의 주인공마냥 그저 감격하며 자유를 만끽했다. 물론 그 다음 주 월요일 아침 회의 때 대대장님은 토요일 탈출 사건에 대해 한마디도 언급을 안 하셨다. 규정을 어긴 것도 아니고 당신의 심통 맞은 처사에 전원 단결하여 대항한 간부들에게 뭐라 할 말이 없으셨을 것이다. 지금도 그때 생각만 하면 웃음이 나온다.

2000년, 피우진 선배님이 국방부에 근무하실 때 '사단장 성희롱 사건'이 일어났다. 당시 사건 피해자인 여군 장교를 돕기 위해 군 안팎의 많은 여성들이 힘을 합쳤지만 피의자인 사단장 쪽의 공격도 만만치 않았다. 그때 언론사 기자들은 궁지에 몰린 피해 여군 장교를 도우려면 현역 여군이 당당하게 언론과 인터뷰를 해야 한다고 했다. 그러나 신변상의 불이익을 걱정하여 그 누구도 인터뷰를 하려 하지 않았다. 그때도 후배들의 요청에 한마디 말없이 과감하게 인터뷰에 응해 준 유일한 사람이 바로 피우진 중령님이다. 대령 진급이 걸려 있고, 또 국방부에 근무하기 때문에 피해를 크게 볼 수 있음에도 불구하고 후배를 위해서라면 무조건 돕겠다고 선선히 우리들의 부탁을 들어주셨다. 그 때문에 곤욕도 많이 치르고 분명 진급에도 영향을 미쳤을 것이다. 그때 얼마나 감사했는지 모른다. 그녀가 아니었으면 누가 그렇게 자기 일신의 불이익을 감수하며 몸을 던졌겠는가.

그렇게 피우진 선배님은 주변에서 보이는 부조리에 대해서는 언제나 내 일과 남 일을 가리지 않고 몸을 던져서 도와주셨다. 그처럼 군에서 나를 비롯한 후배들에게 크고 작은 자유와 정의의 향기를 만끽하게 해준 분이 피우진 선배였다.

그런데 그 정의롭고 자유로운 전사 피우진 선배님은 지금 원하지 않은 휴식 시간을 보내고 있다. 아마조네스 전사들은 전투를 위해 일부러 유방을 자르고 신화 속의 주인공이 되었는데, 피우진 선배님은 과거 암 병력에 의해 유방이 없다는 이유로 군에서 강제로 병원에 입원을 시켰다. 규정과 제도의 그물에 걸려 멀쩡한 사람을 환자로 분류해 몇 달씩이나 가둬 놓다니! 누가 들어도 황당하고 분노할 일이다. 부당한 처사다. 그러나 그런 군의 제도에 대해 누구 하나 책임지려 하지 않는다. 단지 운이 없었을 뿐이라며 피우진 선배가 그렇게도 사랑하는 군으로부터 밀려 나가는 것을 방치한다. 그것도 모자라 강제 전역 조치를 하는 군의 허상! 대한민국 땅에 살아가는 한 사람의 국민으로써 참으로 부끄럽고 슬프다.

하지만 아마조네스가 가졌던 운명처럼, 비록 지금은 군의 패배자로 있지만 피우진 선배님이 우리 후배들에게 각인시킨 이미지는 신화 속에 주인공처럼 두고두고 남으리라 믿는다.

"나는 군인이다! 군은 자유와 정의의 수호자이다! 군을 군답게 하고, 여군이라는 이유로 한 사람의 후배도 차별 받지 아니할 때까지 나는 싸울 것이다!" 피우진 여전사의 가치관이 꽃피는 그날까지, 선배님이 굴하지 않고 끝까지 싸우기를 나는 기도한다.

나는 군인이다. 그런데 지금 나는 부대에서 근무하지 못하고 이상한 휴가병 노릇을 하며 집에서 대기 발령 시간을 보내고 있다. 얼마 전까지는 군 병원에서 멀쩡한 몸으로 환자 노릇도 했다. 지금 나는 무엇인가?

4년 전, 나는 유방암 수술을 받았다. 30년 가까운 여군 생활 동안 남군에게 뒤지지 않으려 온갖 노력을 다 할 때마다 그렇게 거추장스러울 수 없던 여성의 상징을 그 수술에서 없애 버렸다.

"이제야 홀가분하네."

수술에서 깨어난 후 울먹이는 가족들 앞에서 내가 던진 첫마디였다. 쓸쓸한 감정을 밀어내며 그런 농담을 할 수 있었던 것은 여성이기보다는 군인이 되고자 뒤돌아보지 않고 달려온 지난 세월이 있어서 가능했다.

유방암 수술 이후, 나는 아무런 후유증도 없이 4년을 근무했다. 그런데 어느 날 갑자기 군대에서 전역하라는 통보를 받았다. 장애 2급에 해당하는 병력이 있으므로 전역 대상이라는 것이다. 오십이 가까운 나이에도 최고의 체력과 건강을 유지하며 얼마 전 체력 검정에서 팔굽혀펴기 30회를 거뜬히 소화한 그 며칠 후의 일이었다.

한순간에 부대 지휘관 자격을 잃고 나는 군 병원 이송을 명령 받았다. 나는 그렇게 다시 환자가 되었다. 불합리한 인사 규정에 의해 나는 이제 정년 3년을 앞두고 불명예 전역을 할 위기에 처해 있다. 치료할 일이 없으므로 얼마 전에 나는 병원에서 다시 집으로 발령(?) 받았다.

매일 아침 집에서 눈 뜨고, 가족과 함께 식사하고, 사복을 입고 외출하여 오랫동안 만나지 못했던 친구들을 만난다. 그러나 나는 하나도 즐겁지 않다. 나는 군인이므로, 내가 있어야 할 곳은 부대이므로.

병원에 있을 때 어느 간호장교와 대화를 나누던 중 우연히 내 이야기가 나왔다. 간호장교는 일반 여군들이 자기네 간호병과 여성들과는 달리 도전적이고 개척 정신이 강하다고 말했다. 그러면서 한 예로 예전에 어느 여군 대위가 4성 장군을 상대로 당당히 투쟁한 이야기를 들려주었다. 듣고 보니 내 얘기였다. 그래서 그 사람이 나예요, 하고 말해 주었더니 깜짝 놀라는 것이었다.

간호장교와 그런 이야기를 나누고 나자 새삼 지난 일들이 주마등처럼 스쳐 갔다.

국방부 내에 담으로 둘러쳐 있는 여군 훈련소에 입소할 때부터 우리 여군들은 두 개의 문을 차례로 들어서야 했다. '군대'라는 첫 번째

문과 '여군'이라는 두 번째 문이다. 군인이 되고자 스스로 지원한 여군들이지만 지내 오면서 언제나 더 힘들었던 것은 군인으로서 지켜야 할 규칙이나 훈련보다는 '여성'이라는 인식을 뛰어넘는 일이었다.

그런 문제는 사실 군뿐만 아니라 우리 사회 전체의 의식 수준 문제이므로 나 혼자 어떻게 해볼 수 있는 것은 아니었다. 누구보다 강하고 당당할 수 있다고 자부해 온 나이지만 남성 중심의 유리벽을 끝내 다 넘어설 수는 없었다. 그래도 나는 늘 강인한 군인 정신을 잃지 않으려 노력했다. 나의 행동이 여군 전체를 위해서, 그리고 군의 발전에도 도움이 된다는 신념으로 늘 도전하는 자세를 잃지 않으려고 했다.

요즘 나는 가끔 지난 일기를 읽어 보고는 한다. 10여 년 전의 일기에는 이런 대목도 있다.

"나는 ★이 되리라."

촌스럽게도 이날의 일기에는 '별'이라는 단어를 모두 '★'로 그려 놓았다. 슬그머니 웃음이 난다. 그렇게 장군이 되고 싶었나?

2003년도에 나는 마지막으로 진급을 기대했다. 그때는 정말이지 대한민국의 한 여군으로서 우리 후배들에게 한 좌표가 되고 싶다는 강렬한 열망으로 가득했다. 그래서 계면쩍음을 무릅쓰고 참모총장에게 나의 진급을 직접 호소하기도 했다.

지금 여군들에게 가장 필요한 것은 멘토의 역할자라는 생각입니다. 육군 여군의 계급 구조는 압정형의 계급 구조로 중령급 이상 영관 장교가 대단히 부족한 실정이며, 그나마 전후방 각지에서의 경험이 부족하여 모두들 경험 쌓는 데에 피나는 노력을 기울이고 있습니다.

총장님!

이제 제가 24년 군 생활 중 10여 년은 여군에서, 14여 년은 전후방 각지 다양한 제대급에서 항공 병과 생활을 한 경험을 바탕으로 여군의 멘토로 거듭나야겠습니다. 여성 장군이 탄생된 지 2년이 지나고 있고 육군 여군 대령이 2명이나 있지만 제가 걸어온 길과 너무도 다른 길을 걸어온 분들이기에 저의 멘토가 되어 줄 수도 없고 애로 사항조차도 이야기할 수 없는 실정이다 보니 이렇게 총장님께 호소 드리고 있습니다.

그랬다. 건방지게도 나는 대한민국 여군들의 살아 있는 모범이 되고 싶었다. 나의 군 생활이 개인적으로나 국가적으로나 매우 가치 있는 길이었음을 당당히 보여 주고 싶었다. 그래서 여성 장군까지 올라가 보고 싶었다. 내 군복에 별을 달고 전체 여군 발전을 위해 마지막 봉사를 하고 싶었다.

그러나 이제 최고참 중령으로, 환자로, 군 생활을 마감해야 할 듯하다. 이대로 끝난다 해도 내 인생에 후회는 없다. 스스로 선택한 길이었고, 한시도 긍지를 놓아 본 적 없기에 나는 내 인생을 자랑스러워한다. 그러나 아쉬움이 많은 건 사실이다. 정년 임기도 못 채우고 지금은 완치된 한때의 병력으로 중간에 전역해야 한다는 것이 아쉽다.

최근엔 그런 아쉬움마저 정리되는 기분이다. 반은 체념이고 반은 감히 성숙이라고 말하고 싶다. 이제까지 후회 없었으므로 지금도, 앞으로도 후회하고 싶지 않다. 그동안 여러 번이나 '최초'라는 수식어를 달고 다닌 여군 생활 중 아프고 힘든 일들이 참 많았다. 그러나 돌아보면 기쁘고 보람 있었던 시간들 또한 얼마나 많았던가.

Part 1

정의의 꼬마 사도,

여군이 되다

나는 준비된
여군이었을까?

초등학교에 들어가기 전의 어느 날이다. 나하고는 네 살 차이가 나는 우리 집 5남매의 맏이인 큰언니가 외출하면서 말했다.

"우진아, 언니 어디 좀 갔다 올 테니까 내가 올 때까지 이불 속에서 기다리고 있어."

언니가 그날 몇 시간 만에 돌아왔는지는 기억에 없다. 기억나는 건 이불 속에서 나를 발견하고 깜짝 놀라던 큰언니의 얼굴이다.

"너 여기서 뭐 하고 있니?"

"왔어요?"

"어디 가서 길 잃었나 하고 한참 찾았잖아. 대체 여기서 뭐 하는 거야?"

"여기 있으라고 했잖아요……."

내 자신을 설명하는 첫 이야기로 이게 얼마나 적절한 에피소드인지는 잘 모르겠다. 어떻게 보면 맹하고 다소 고지식하게도 보이지만, 이런 태도가 내 성격의 특성 중 하나인 것은 분명하다.

정해진 예의와 규범이 있으면 무슨 일이 있어도 그것을 지키려고 하는 것이 나였다. 아주 어린 날부터 그랬으므로 그것은 집안 분위기나 학교 교육과는 상관없는 내 안의 천성이었다. 그런 면에서 나는 타고난 원칙주의자였던 것 같다.

어른들은 나를 심부름 잘하는 아이로 기억했다. 지시 받은 일은 성실히, 차질 없이 수행해야 한다는 자세를 늘 갖고 있었기에 나는 어떤 심부름이든지 빠르고 야무지게 해냈다. 꾀를 부리거나 핑계를 대는 적이 없었다.

이런 일도 기억난다. 어느 겨울날엔가 부모님 심부름으로 장에 가서 군고구마를 사온 적이 있었다. 그런데 집에 와서 거스름돈을 세어 보니 내가 받아야 할 돈보다 10원이 더 많았다. 나는 즉시 일어나 춥고 먼 길을 다시 되돌아가 10원을 돌려주었다. 큰 가게도 아니고 추운 길거리에서 군고구마를 파는 할머니의 고생을 생각하면 내게는 그게 너무나 당연한 일이었다.

먹을 게 흔치 않던 시절이었으므로 어머니는 어쩌다 사과 같은 과일이 생기면 우리 5남매를 불러 골고루 나누어 주었다. 그럴 때면 나는 내 것을 먹지 않고 언니가 다 먹을 때까지 지켜보다가 "언니, 더 줄까?" 하고는 내 손의 사과를 내밀었다. 내가 먹는 것보다 남이 맛있게 먹는 것을 보는 게 더 좋았다. 어른들은 그런 나를 "독특하다"고 표현했다.

어른들 말로도 그렇고 내가 생각해도 그렇고, 나는 어릴 때부터 정의감이 남달랐던 것 같다. 나에게 '정의'란 특별한 것이 아니었다. 자기 일 때문에 남에게 피해를 주지 않는 것, 남의 입장을 배려하며 행동하는 것, 그것이 내가 생각하는 소박한 정의 관념이다. 우리 집안 사람들이 지금까지 종종 웃으며 화제에 올리는 내 어린 시절의 숱한 정의로운(?) 행동이 모두 그런 경우들이다.

초등학교 6학년 때의 일이다. 당시 중학교 2학년인, 딸 넷 중에서 가장 미모가 뛰어난 작은언니가 어느 날 과외 공부를 한다고 집을 나섰다. 그런데 유난히 멋을 부리는 게 어쩐지 낌새가 이상했다. 나는 언니의 뒤를 밟았다. 아니나 다를까, 언니는 빵집에서 남학생을 만나고 있었다.

나는 화가 났다. 부모님에게 거짓말을 했다는 것 때문이었다. 나는 그대로 문을 밀고 들어가 두 사람이 있는 자리로 갔다.

"여보세요, 집에서 과외비 받아서 이래도 돼? 이 오빠가 과외 선생이야?"

내가 하도 당차게 나가자 작은언니도, 그 남학생도 아무 말 하지 못했다. 나는 작은언니를 일으켜 당장 집으로 데리고 왔다.

역시 초등학교 6학년 때의 일이다. 당시 우리 가족은 원주에서 살다 충주로 이사 온 지 얼마 안 되어서 초등학교 2학년생이던 여동생만 학교에 다니고 나는 아직 전학 수속 중이었다.

어느 날, 그러니까 여동생이 전학생으로 새 학교에 다닌 지 며칠 되었고, 나는 집에서 이웃집 아기를 봐주고 있던 날이다. 학교에 간 지한 시간밖에 안 되었는데 여동생이 울면서 집으로 돌아왔다.

"너 왜 그러니?"

"엉엉, 아이들이 똥침을 놓으면서 나를 괴롭혀."

화가 난 나는 돌봐주고 있던 이웃집 아이를 들쳐 업고는 곧장 학교로 달려갔다. 얼마 후면 나도 다니게 될 학교였다. 동생의 반을 찾아가 교실 문을 두드리자 여선생이 문을 열어 주었다. 무슨 일이냐고 묻는 여선생에게 나는 다짜고짜 말했다.

"제 동생 피영진이 찾으러 왔어요."

"누구……?"

여선생이 의아해 하자 반 아이들 몇 명이 "영진이 집에 갔어요" 하고 말해 주었다. 여선생은 아무것도 모르는 것 같았다. 나는 여선생의 얼굴을 똑바로 올려다보며 당당하게 말했다.

"어떻게 선생님이 학생이 없어진 것도 모르고 계세요?"

여선생은 잠시 당황해 하다가 미소를 지으면서 물었다.

"너는 누구니?"

"저는 피영진이 언니구요, 지금 6학년인데 중학교 시험 보고 전학 대기 중이에요."

"그렇구나…… 너 참 똑똑하다. 중학교 시험, 틀림없이 붙겠다."

"애들이 영진이 괴롭히지 않게 해주세요. 그게 선생님이 하실 일이 잖아요."

당돌한 내 말에 여선생은 어이없어하면서도 내 머리를 쓰다듬어 주었다. 나는 영진이를 잘 돌보겠다는 대답을 듣고서야 집으로 돌아왔다.

여고생이 되어서도 나의 이런 기질은 변하지 않았다. 선생님이 수업료를 못 내는 아이들을 혼내면 벌떡 일어나 "수업료 못 내는 게 아이 잘못인가요?" 하고 따졌고, 다 큰 여고생들에게 너무 짓궂은 장난을 건다 싶으면 정색을 하고 지적을 했다.

우리 사회에는 나이 어린 사람이 정면으로 지적하는 것을 용납하지 않는 풍토가 있다. 원칙과 예의를 들먹이며 항의하는 나를 대견하게 보고 격려해 주는 사람도 있었지만 못마땅하게 보는 경우가 늘 더 많았다. 그래서 언젠가는 학교 선생에게 100대까지 맞아 보기도 했다.

수업이 거의 끝나 아이들이 한창 청소를 하고 있을 때였다. 담임이 아이들의 옆구리를 지휘봉으로 쿡쿡 찌르며 좀 심한 농담을 해댔다. 아이들은 얼굴을 찡그리며 슬슬 피해 다닐 뿐 감히 불쾌한 내색은 하지 못했다.

얼마 후 담임이 나에게도 다가와 옆구리를 찔렀다. 나는 담임을 피해 복도로 나왔다. 그러자 담임은 복도까지 따라 나오며 "우진아, 오빠하고 놀자" 하면서 징그러운 소리를 했다. 나는 담임을 한 번 돌아보고는 다시 교실로 들어오며 문을 큰소리 나게 쾅, 닫아 버렸다. 그제야 내 감정을 알아차린 담임이 씩씩거리며 바로 뒤쫓아 왔다.

"건방진 것, 너 선생님 앞에서 어디 그런 행동을 해. 엎드려뻗쳐!"

내가 엎드리자, 담임은 지휘봉으로 사정없이 내리쳤다. 두 대를 맞고 나자 지휘봉이 부러졌다.

"가서 네 매 가져와!"

칠판 뒤에는 우리 반 학생 수만큼 매가 보관되어 있었다. 담임의 지시에 따라 각자 자기 매를 하나씩 가져다 놓은 것이었다. 담임은 그렇게 자기 매를 갖다 놓게 하고는 꼭 그 매로 아이들을 때리는 약간 가학적 취미가 있는 사람이었다.

나는 매가 있는 곳으로 가서 가장 크고 두꺼운 나무를 집어 들었다. 대부분의 아이들은 맞아도 그다지 아프지 않을 얇은 나무를 갖다 놓았는데, 담임의 행동이 마음에 들지 않았던 나는 공사장에서 쓰이는 각목을 갖다 놓았던 것이다.

담임은 내가 들고 온 굵은 몽둥이를 보고는 나의 반항심을 눈치 챘는지 기분이 더 나빠진 것 같았다. 무서운 힘으로 몽둥이를 내려치기 시작했다. 부당한 매라는 생각에 내가 이를 악물며 신음을 참고 있자 때리는 힘이 갈수록 더 세졌다.

그렇게 맞다가 종례시간이 다 되었다. 나 때문에 집에 못 가고 있는 아이들에게 미안해졌다. 나는 벌떡 일어나 "종례 하시고 때리세요. 다시 맞겠습니다" 하고 말했다. 그러자 담임은 시뻘게진 얼굴로 "너 이거 부러질 때까지 맞아 봐라" 하고는 다시 엎드리게 했다. 나중에는 손이 부르터서 못 때리겠다며 몽둥이를 내던지더니 교무실로 오라고 하고는 나가 버렸다.

나는 교무실로 불려가 한참 훈계를 듣다가 그제야 온몸에 열이 나면서 정신이 혼미해졌다. 그렇게 기절한 나를 친구들이 택시를 태워 집으로 데리고 갔다. 집에 와 교복을 벗으려 하니 허벅지가 다 불어터져서 옷이 벗겨지지를 않았다. 매 맞을 때보다 더 심한 고통이 밀려왔지만 나는 가족들이 놀랄까 봐 집안에는 일절 말하지 않았다.

그런데 내 움직임이 심상치 않자 눈치 빠른 작은언니가 알아 버렸고, 어머니까지 알게 되었다. 허벅지가 퉁퉁 부을 정도로 맞은 자국을 본 어머니는 펑펑 우시면서 당장 학교에 찾아가겠다고 했지만 나는 그 자리에서도 단호하게 말했다.

"엄마가 이 일로 학교에 오면 나 학교 안 다닐 거니까 알아서 해!"

그러나 너무 화가 났던 어머니는 나 몰래 학교로 가 담임에게 따졌다. 그 다음부터 담임은 무슨 일이 있어도 나만은 때리지 않았다.

나는 중학교 2학년 때부터 태권도를 배웠다. 어려서부터 남자아이들이 여자아이들 노는 데 와서 고무줄을 끊는다거나 함부로 괴롭히는 게 못마땅했기에 여자도 힘이 있어야 한다고 생각했던 것이다. 의도가 교활하지 않는 한 나는 웬만한 일은 용서하고 덮어두는 편이다. 그러나 이유도 없이 약자를 괴롭히는 것만은 참지 못했다. 특히 직업 군인이었던 아버지가 늘 집을 떠나 계시기에 어머니와 딸들만 있는 집을 내가 지켜야 한다는 당돌한 사명감도 가지고 있었다.

태권도는 멋진 운동이었다. 정신과 몸을 함께 단련시키며 스스로 강해지는 태권도가 나는 마음에 들었다. 혹 공부에 차질이 있을까 봐 매일 새벽에 일어나 가장 먼저 태권도장에 가서 내 손으로 문을 열었다. 그렇게 중고등학교 5년을 하루도 빠짐없이 새벽 도장에 나가면서 태권도를 배웠다.

그런 인연으로 대학교도 체육학과로 진학했다. 그 당시 내 꿈은 세계 일주를 하면서 태권도 시범을 보이고 다니는 것이었다. 그래서 남자들보다 더 열심히 운동에 매달렸고, 그 결과 대학 4년을 내내 장학생으로 다닐 수 있었다. 대학에 다니면서도 오후에는 사범 자격으로 도장 아이들을 지도하는 아르바이트를 하였다.

고등학교 때부터 내 별명은 '남자'였다. 내가 생각해도 남자 같은 행동이 많았고, 또 애교를 부리거나 연약한 척하면서 남자들에게 기대는 또래 여자들의 모습이 좋아 보이지 않았기에 나는 그 별명을 특별히 싫어하지는 않았다. 하지만 그런 별명을 붙여 주는 시선은 마음에 들지 않았다. 나를 "남자 같다"고 말하는 경우는 대개 내가 불의한 것에 당당히 항의하거나 힘든 일을 묵묵히 참아 낼 때였다.

그런 일이야 사실 여자와 남자가 달라야 하는 건 아니지 않은가. 그건 개인의 성격이나 가치관 문제이지 남녀의 차이가 아니다. 여자를 꽃으로만 보려 하고, 다소곳이 얌전한 것만 여성성으로 보기에 그런 별명을 붙이는 게 아닐까 싶다.

그렇다고 내가 무슨 페미니스트는 아니다. 나는 학생 때부터 지금까지 여성 해방 같은 말은 써 본 적도 없고 그런 운동에도 관심이 없었다. 남녀를 떠나 그냥 비인간적이거나 정의롭지 못한 행위들이 싫을 뿐이다. 원칙주의자라는 말이 어찌 보면 융통성 없는 것으로 비칠 수도 있는데 내가 그 말을 긍정적으로 받아들이는 건 그 때문이다. 지켜야 할 것을 지키고, 하지 말아야 할 것은 하지 않는 것, 내가 내 자신에게나 남에게나 요구하는 건 그 한 가지뿐이었다. 그리고 그 생각은 지금도 변함이 없다.

여군 사관 훈련소의
벌점왕

어느 날 서울 거리를 걷다가 여군 장교 모집 공고를 보았다. 공고 포스터에는 흡사 스튜어디스라도 되는 양 여군복을 멋지게 차려입은 여군 장교의 사진이 확대되어 있었다. 지원 자격은 만 25세 이하의 미혼에 4년제 대학교 졸업이었고, 그 밑에는 이러저러한 특전 요강이 몇 항목에 걸쳐 적혀 있었다. 나는 전기에 감전되듯 한순간 가슴이 찌르르해졌다.

당시 나는 대학에서 체육교육과를 졸업한 후 청주에서 야간학교 교사로 근무하고 있었다. 그때는 교사들이 돈이나 연줄로 왕왕 들어가곤 했는데, 그런 쪽으로는 대쪽 같으셨던 아버지 때문에 나는 사범대학을 나왔지만 중고교 체육 선생으로는 부임하지 못했다.

야간학교 교사직은 전공과 관련이 없는 자리인데다 학생들의 수업 열의도 시들하여 생활이 재미가 없었다. 그러던 중 모처럼 서울에 올라왔다가 우연히 여군 모집 공고를 보게 된 것이다.

모집 공고를 보는 순간 '이게 내 길이다!' 하는 생각이 들었다. 아버지가 군인이셨던 터라 여군이 있다는 건 들어 보았지만 구체적으로는 알지 못했다. 평소 여군에 대해 생각해 본 적도 없었다. 그런데 모집 공고를 보는 순간 여군이라는 게 당당한 전문직이자 열정을 바쳐 볼 만한 일로서 가슴에 확 꽂히는 것이었다. 그리고 국가가 주관하는 군대니까 남녀에게 평등한 기회가 주어질 것이라는 기대감도 있었다.

집에 돌아와 어머니에게 말씀을 드리자 예상대로 반대가 극심했다. 아버지는 마침 외국에 나가 계셨는데, 여군 생활을 누구보다 잘 아셨을 것이니 어머니보다 더 반대했을 것이 틀림없었다. 그러나 내 고집을 누가 당하겠는가. 가장 안정된 직업을 가지는 거 아니냐는 내 말에 어머니는 못 이기는 척 져 주셨다.

여군 수는 지금도 많지 않지만 당시엔 희귀하다 할 정도로 적었다. 특히 사관후보생은 1년에 한 번 13명을 뽑는 게 고작이었다. 그런데 어떻게들 알고 오는지 200여 명이나 지원하여 경쟁률이 20대 1에 가까웠다. 시험은 논술, 국어, 영어 그리고 면접과 신체검사였는데, 다행히도 나는 무난히 합격을 했다.

1979년 2월, 나는 '정예 요원'이라고 추켜세우는 13명 중의 하나가 되어 27기 여군사관후보생으로 용산 국방부 안에 있는 여군 훈련소에 입소했다. 면회와 외박이 일절 없는 26주 과정을 보낼 훈련소였다.

여군 훈련소에서는 사관후보생인 우리들 말고 고졸 여성들이 지원하는 부사관 후보생들도 함께 훈련을 받았다. 당시에는 하사관이라 불렀는데, 여군은 사병이 없으므로 하사가 가장 아래 계급이다.

어느 날 거리를 걷다가 우연히 여군 장교 모집 공고를 보는 순간 나는 전기에 감전되듯 '이게 내 길이다!' 하고 한순간 가슴이 찌르르했다. 그리고 나는 이 땅의 자랑스러운 여군이 되었다. (국방부 내 육군본부 여군 훈련소에서)

후보생들이 훈련 받는 중대는 '학생대'라 불렸다. 1중대가 사관후보생이고, 2중대가 부사관 후보생이었다. 훈련소에는 총검술 조교와 식당에서 일하는 사병만 남자들이고 그 밖에는 중령인 훈련소장을 비롯해 모두가 여군이었다.

훈련소에 들어간 남자 사병들이 가장 먼저 하는 건 머리를 깎는 일일 것이다. 여군도 마찬가지다. 후보생들은 입소 첫날 내무반 배치를 받고 집으로 돌려보낼 사복을 정리한 다음 바로 훈련소 건물에 있는 미용실로 가 머리를 깎았다. 부사관 후보생들은 커트머리, 사관후보생들은 조금 더 우아하게 보여야 한다면서 짧은 파마머리로 하는데, 우아하기는커녕 뽀글뽀글하기만 하여 서로를 보며 한참을 키득키득 웃었다.

그런데 후보생 중에는 대학 졸업을 며칠 앞둔 사람이 하나 있었다. 이 후보생은 졸업식 때 학사모를 쓰고 사진을 찍어야 하니 머리 깎는 것을 그 후로 연기해 달라고 하여 중대장의 허락을 받을 수 있었다.

문제는 그 바로 다음 날이었다. 순찰을 돌던 훈련소장이 이 후보생의 머리를 발견한 것이다. 후보생은 다시 졸업식에 대해서 설명하고, 중대장에게도 허락을 받았다고 말했다.

그러자 훈련소장이 대뜸 중대장을 불렀다.

"당장 가위 가져와!"

후보생은 그 자리에서 훈련소장에 의해 싹둑싹둑 머리카락이 잘렸다. 그 모습을 보며 나도 그렇고 모든 후보생들이 조금은 충격을 받았다. '개인'이 절대 용납되지 않는 군대라는 세계의 획일적인 통일성을 처음 경험한 것이다.

하긴 그게 처음은 아니었다. 개인적인 배려가 거의 없는 군 특유의 딱딱한 질서는 처음에 후보생 면접을 볼 때부터 느낄 수 있었다. 어떤 복장을 입고 와야 한다며 면접 복장부터 통일시켰다. 나는 면접을 볼 때 어떤 질문에 대답했다가 면접관에게 호통을 듣기도 했다. 아직 자기 조직의 구성원이 되지도 않은 지원자를 향해 "정신 자세가 글러 먹었다"고 호통을 치는 건 아마도 군대 면접밖에 없을 것이다.

관물을 지급 받을 때는 이런 일도 있었다. 어떤 후보생이 훈육관에게 자기가 받은 군화가 너무 크다고 했다. 그러자 훈육관의 대답은 즉각 돌아왔다. "발을 군화에 맞춰!"

이건 사실 군대 문화 운운할 정도도 안 되는 사소한 이야기이다. 입소하기 전에도 군대를 갔다 온 남자들에게 이 정도의 이야기는 지겹도록 들었다. 그런데 막상 경험해 보니 남자들이 왜 군대를 지긋지긋해하고, 그러면서도 한편 무용담처럼 자랑하는지 이해가 되었다. 개인 사정이 전혀 인정되지 않은 곳에서 온갖 애환을 겪으며 버티어 냈다는 것 자체가 스스로 대견스러웠을 것이다.

강제로 머리를 깎인 후보생은 당장 집에 돌아가겠다고 눈물을 흘리며 항의를 했다. 어지간히 서러웠던 모양이다. 그러나 지금 나가면 탈영병으로 취급돼 헌병에게 잡혀 온다는 말을 듣고는 체념할 수밖에 없었다.

본격적으로 훈련소 생활을 시작하면서 가장 먼저 느낀 것 역시 군대에는 비합리적인 지시와 관례가 참 많다는 것이었다. 직접 겪어 보니 정말 어처구니없는 일들이 많았다. 몇 가지만 예를 들어 보자.

후보생들은, 일과가 끝나면 실내에서 신기 위한 슬리퍼를 하나씩 지급 받았다. 슬리퍼 밑바닥은 새하얀 고무였는데, 일석점호 때마다 슬리퍼를 검사하여 밑바닥에 흙이나 이물질이 묻어 있으면 벌점을 주었다. 이런 말을 굳이 하는 것도 좀 이상하지만, 신발이라는 게 신고 다니다 보면 이런저런 게 묻게 마련이다. 그리고 똥이 묻지 않는 한 밑바닥의 이물질 같은 거야 본인에게도 타인에게도 아무런 피해를 주지 않는다. 청결 상태를 유지하는 건 좋지만, 그것을 매일 검사하면서 신발 밑바닥을 새하얗게 유지하라는 게 나로선 납득되지 않았다. 그건 군인 정신과 하등 관계없는 일 아닌가.

후보생들은 매일 점호 시작 전에 슬리퍼 밑바닥을 닦느라 정신이 없었다. 하도 지적을 받으니 나중엔 누구도 슬리퍼를 신지 않았다. 일과 후에도 훈련용 단화를 신었다. 결국 국민의 세금으로 마련된 슬리퍼는 신주단지 모시듯 관물대에 올라간 채 무용지물의 비품이 되고 말았다. 실생활과 맞지 않는 비합리적인 지시이다 보니 결과가 그렇게 될 수밖에 없는 것이다.

테니스화 문제도 비슷하다. 테니스를 치고 나면 당연히 신발 바닥에 모래가 낀다. 굵은 모래는 바닥 틈새에 꽉 박혀 잘 빠지지도 않는다. 그런데 점호 받을 때는 작은 모래알갱이 하나라도 발견되면 군기가 빠졌다는 말을 듣고, 나중에는 내무 점수에 반영될 벌점을 받는다. 그래서 후보생들은 테니스 한 번 치고 나면 모래를 빼내느라 씨름을 벌여야 했다.

이 비슷한 예는 아주 많았다. 그 누구에게도 도움이 되지 않고 괴롭힐 용도로밖엔 이용되지 않는 이런 상황들을 대할 때마다 나는 답답하고 화가 났다. 자기 몸과 물품에 대한 엄격한 관리도 군기의 일종이기는 할 것이다. 하지만 규칙이 실생활과 너무 동떨어지면 스스로 우러나 지킬 마음은 생기지 않는다. 군대에 '요령'이라는 게 생겨나는 건 그만큼 실생활과 유리된 비합리적인 통제가 많기 때문이다.

훈련소 생활이 얼마 지나면서부터 나는 내가 할 일과 안 할 일을 선택해서 받아들였다. 나만의 원칙을 세운 것이다.

포복이나 구보 같은 것은 설령 지휘자의 개인감정으로 지시되는 경우라도 묵묵히 다 받아들였다. 그런 일은 어쨌거나 군인 정신을 강화하고, 체력도 단련시키고, 함께 고생함으로써 후보생들 간에 동지애도 생기게 한다.

하지만 슬리퍼 검사와 같은 유치하고 비실용적인 일은 받아들이기 싫었다. 신지도 않고 고이 모셔 두는 것도 우스워 나는 늘 슬리퍼를 신고 다녔고, 점호 때는 흙이나 물이 묻은 것을 그대로 내보였다. 그러면 또 벌점이 하나 올라갔다.

그런 식으로 날이 갈수록 벌점이 늘어나 결국 나는 훈련소 최고의 '벌점왕'이 되었다.

여군,
그 슈퍼우먼의 길

훈련소에서 우리가 받은 교육은 크게 두 가지로 나눌 수 있다. 하나는 제식, 총검술, 사격 등 군인이라면 당연히 받아야 할 기본 군사 교육이었고, 다른 하나는 흔히 참모학이라고 부르는 타자, 문서 기안 등 행정 교육이었다. 여군은 보병이니 병참이니 하는 병과가 따로 없고 여군 자체가 특수병과로서 여군병과에 속했다. 그래서 배치되는 곳도 타자나 교환수 등 행정 지원 부서이거나 정훈, 방송 심리전 요원 등 남군과는 주어지는 보직 자체가 달랐다.

군대라서 남녀 차별이 없을 거라는 건 나 혼자의 순진한 생각이었다. 제도적으로 이미 여군은 남군을 보조하는 것으로만 정해져 있었다. 훈련소 시절이야 아직 보직이니 진급이니 하는 것에 신경 쓸 때가 아니므로 그런 차별은 느끼지 못했지만 여군에 대한 이중적 시선은 이때부터 실감할 수가 있었다.

여군 후보생은 처음 선발하는 면접에서부터 단정함 이상의 미모를 주요 조건으로 따졌다. 앞에서 말한 파마머리 말고도 여군 후보생들은 일과 교육 시간에도 하의가 스커트인 정복을 입게 하였고, 내무반 밖에서는 꼭 화장하고 다니기를 요구했다.

마치 미스코리아라도 양성하듯 우아함과 신비성을 요구하는 게 전반적인 분위기였다. 늘 시간에 쫓기기 때문에 화장하는 게 귀찮았지만 화장을 하라고 위에서 하도 지시가 내려와 후보생들은 빈 캐비닛에 루주 하나를 보관해 놓고는 아침마다 돌아가면서 발랐다. 후보생들이 맨 얼굴에 다른 화장은 하나도 안 하고 모두 똑같은 색의 루주만 칠한 채 학과 출장을 나가는 모습은 우리가 봐도 희극적이었다.

이렇게 여성성을 요구하는 한편 훈련이나 기타 화장실 사용, 목욕 등 일반 생활에서는 여성에 대한 배려가 일절 없었다. 군대에 들어온 이상 남자와 똑같아야 한다면서도 여성만의 부드럽고 우아한 이미지를 동시에 요구 받았던 것이다.

훈련병 시절을 쉽게 넘긴 사람이야 없겠지만 우리 훈련도 정말 힘들었다. 하루 일과를 마치고 나면 아무 데나 쓰러져 자고 싶을 만큼 기력이 하나도 없었다. 온몸이 욱신거리는 건 차라리 나았고, 몸이 너무 부대껴서 잠조차 오지 않는 게 더 힘들었다. 밤마다 기합을 준다고 두세 번씩 깨우는 통에 거의 매일 서너 시간밖에는 자지 못하는 것도 견디기 쉽지 않았다. 그래서 아침마다 얼굴이 모두 부스스했다.

후보생들은 영외 외박은 물론 면회도 일절 허락되지 않았기에 6개월간 종교 센터에 가는 것 말고는 영내 담장을 벗어나지 못했다.

훈련소 근처에 미군 부대가 있었는데 가끔 야간 보초를 서다가 나

트륨등을 환하게 밝혀 놓고 파티를 여는 그곳을 보고 있자면 문득 외로움이 느껴졌다. 한번도 후회해 본 적은 없지만 그럴 때마다 나는 내가 왜 군인이 되고 싶었는지를 곰곰 되돌아보고는 했다.

27기 후보생인 우리들의 기훈은 '다시 우뚝 서 본다'였다. 공식 기훈은 아니고 동기생들이 훈련을 너무 힘들어 해 그것을 견디자는 취지에서 내가 제안한 기훈이었다. 이 구절은 내가 예전부터 좋아하던 이은상 님의 시 제목이었다. 우리는 구보를 할 때 "기훈 붙여 가!"라는 구호와 함께 이 시의 전문을 구령으로 외우며 뛰었다.

훈련이 힘들어서 그랬는지 또는 다른 사정이 있었는지 훈련 막바지에 한 사람이 탈영한 사건도 있었다. 종합행정학교에서 출장 교육을 받던 때였는데, 어느 날 슬그머니 사라져 버렸다. 그 사람이 어떻게 처리되었는지는 알 수 없다. 훈련 마지막 날까지 끝내 돌아오지 않아 우리 기수는 12명만 수료하였다.

나는 오랫동안 태권도를 해서 체력이 좋은 편이었지만, 연약한 몸으로 죽을힘을 다해 훈련을 견뎌 내는 동료들을 보면 정말 대견했다. 그런 동료들이 사랑스럽기도 하고 안타깝기도 해서 나는 불침번을 설 때 곤히 자는 동료를 깨우기가 어려웠다. 그래서 여러 번이나 나 혼자 내리 두 시간씩 불침번을 서기도 했다.

후보생 중에는 부사관 생활을 하다 장교가 되고자 입소한 사람들도 있었다. 그들은 아무래도 민간인으로 입대한 우리들보다는 훈련을 잘 견뎌 냈다. 그리고 군 문화에 훨씬 익숙했다. 그런데 그 점 때문에 사소한 문제가 하나 생겼다.

부사관으로 있다가 입대한 사람 중에 고참 중사 출신이 한 명, 하사 출신이 두 명인가 있었다. 후보생들은 같은 기수니까 당연히 똑같은 입장에서 대화를 나누고 일을 한다. 그런데 중사 출신인 그 후보생은 하사 출신 후보생들에게 군기를 잡고 명령을 하는 등 상급자처럼 행동했다.

이해할 수도 있는 일이지만 내가 보기엔 어울리지 않았다. 군대는 계급 사회니까 그럴 수도 있겠지만, 그렇게 따진다면 오히려 이제는 같은 후보생이고 같이 소위로 임관하는 것 아닌가. 함께 힘든 훈련을 하는 동기생인데, 예전 '짬밥'으로 상급자 노릇을 하는 건 서로에게 불편한 일일 뿐이다. 그래서 그 점을 지적하다가 그 고참 중사 출신 후보생과 약간 다투기도 했다.

아무튼 훈련소 생활은 여성의 체력으로는 쉬운 게 하나도 없었다. 하지만 나뿐만 아니라 대부분이 그만하면 잘 이겨냈다. 일부러 지원해서 온 사람들인 만큼 힘든 것을 견딜 각오는 돼 있었기 때문이다.

무엇보다 여군에 지원하는 사람들 자체가 아무래도 조금은 남다른 데가 있었다. 남성들처럼 억세다는 건 아니다. 여군들도 보통 여성들과 똑같이 눈물 많고, 여리고, 섬세하다. 다만 한 가지 공통점이라면 비교적 자아가 강하다는 점이다. 조금 더 풀어 말하면 개척 정신, 독립심, 인생에 대한 가치관 같은 것들이 남들보다 뚜렷했다.

생각해 보라. 다른 길도 많은데 굳이 남성들만의 무대랄 수 있는 군대를 지원하는 여성이라면, 구체적인 동기야 저마다 다를지라도 삶에 대한 자기 나름대로의 방향성은 분명히 세운 사람들이 아니겠는

가. 지금이야 각계각층에 여성 진출이 활발한 시대이지만 그때만 해도 여성이 군대나 경찰에 들어간다는 건 쉽게 마음먹을 수 있는 일이 아니었다.

그래서 조금 재미있는 사례를 들자면, 전역 이후 대개 한 기수에 한 명 정도는 절에 들어간다는 것이다. 열두세 명 중에 한 명이 절에 간다면 대단한 수치다. 당시의 여군 지원자들은 그처럼 인생에 대해 생각하는 바가 조금 달랐다. 인격이나 지성이 특별히 뛰어났다고까진 말할 수 없을지 몰라도, 최소한 무언가에 자신을 투신하는 자세만큼은 확실히 남다른 면들이 있었다.

나는 군이라는 환경이 만들어 주는 운명적 일체감이 마음에 들었다. 군 특유의 권위적인 시스템이나 전시적이고 획일적인 일 처리 따위들에는 실망이 컸지만, 동기들이 똑같은 조건에서 함께 고생을 하며 자기를 이겨 나간다는 점이 나는 좋았다. 서로를 격려하면서 같은 목표를 향해 움직인다는 것, 그런 데에서 오는 동지애와 공동체 의식 같은 것이 내 성격에 맞았다.

고된 훈련을 하나 마칠 때마다 그렇게 뿌듯할 수가 없었다. 대학 생활이나 교사 생활에서는 느낄 수 없던 진정한 의미의 역동성이 거기에 있었다.

그런 나를 보고 주변에서는 '타고난 군인'이라고 했다. 나는 그런 말이 싫지 않았다. 애국이라는 말까지야 좀 거창하겠지만, 나는 군 복무에 충실하면 그것으로 내 가족과 나라에 내 몫의 의무 하나를 수행하는 것이라고 믿었다. 그래서 비록 사소한 일들에는 벌점이 많았어도 훈련만큼은 누구보다 성실히 임했다. 훈련소 생활 6개월은 그 어느 때보다 보람과 긍지를 느꼈던 시절이라고 지금도 말할 수 있다.

훈련생에서
지휘관으로

19₇₉년 8월에 소위 계급장을 달았다. 동기
들은 군수사령부를 비롯해 여군이 갈 만한 각 부대로 흩어져 배치되었
는데 그중 나를 포함한 3명은 여군 훈련소에 교관으로 남았다. 나는
뜻밖에도 그냥 교관이 아니라 부사관 후보생들을 지휘하는 중대장으
로 임명 받았다.

훈련소 중대장은 직계 부하들을 거느리는 지휘관인 만큼 책임감과
통솔력이 뛰어난 사람을 선발하기 때문에 명예로운 보직이라 할 수 있
다. 그런데 나는 벌점도 많고 골치 아픈 후보생이었다. 그래서 중대장
으로 선발된 것이 의아해 물어보았더니 "너는 워낙 말썽을 많이 부렸
기 때문에 훈련병들이 말썽 부리는 걸 미리 다 알지 않겠냐"는 농담 섞
인 대답을 해주었다. 나중에 자세히 들어 보았더니 훈련 마지막 주에
실시한 사관후보생 상호 평가에서 12명 중 11명이 나를 리더십이 가
장 우수한 사람으로 평가했다고 했다.

부사관 후보생들의 중대장은 원래 중위나 대위급이 하는 법이다. 그런데 적당한 인력이 없었는지 소위 계급장을 갓 단 내가 중대장 직을 수행하게 되었다. 바로 며칠 전까지 후보생으로 교육 받던 장소에서 그대로 근무하게 되어서 자대에 배치되었다는 실감은 별로 나지 않았다. 하지만 내 입장은 완전히 바뀌었다. 모든 생활을 통제 받던 훈련생에서, 이제는 훈련생들을 지휘 감독해야 하는 완전히 반대되는 생활이 시작된 것이었다.

훈련 받던 시절에도 느꼈던 거지만 높은 사람들이 부사관 후보생을 대하는 건 사관후보생들보다 훨씬 혹독했다. 매일 기상 시간보다 2시간 이른 새벽 4시에 일어나 건물 계단에 박힌 노란 신주를 반짝거리도록 닦게 한다거나 뙤약볕에서 잡초를 뽑게 하는 등 훈련보다는 허드레 청소를 더 많이 시켰다. 내무검사 때 걸핏하면 옷을 벗기고, 기합을 주어도 그 하나하나가 인격을 모멸한다 싶은 것들이 참 많았다.

내가 보기엔 마치 하녀 수업이라도 시키는 듯한 분위기였다. 그런 반면 내가 사관후보생 때는 기합을 받을 때에도 남자 사병이나 부사관 후보생들이 보지 못하도록 외진 곳에서 기합을 주고는 했다. 그것은 여성의 입장을 배려해서라기보다는 장교로서 엘리트 의식을 갖게 하기 위해서였다. 나는 장교의 품위라는 명목 아래 우아한 여성성을 강조하는 것도 싫었지만, 부사관 후보생들에 대한 노골적인 경시는 더욱 마음에 들지 않았다.

계급은 임무 편제상의 구분일 뿐 계급이 곧 인격은 아니다. 그런데 고급 장교들이 부사관 후보생들을 대하는 태도는 그야말로 '아랫것'

을 대하듯 거칠고 오만했다. 나는 지휘관으로서 그들의 인격을 지켜주고 싶었다. 똑같은 군인 입장에서 비인간적인 관례들을 없애고 싶었던 것이다.

나는 위에서 지시가 내려오건 말건 우선 새벽 4시에 일어나서 하던 계단 청소를 중지시켰다. 점호나 야외 훈련 때 함부로 상의를 벗게 하는 것도 중지시켰다. 그 밖에도 내가 불합리하다고 생각되는 지시는 일절 받아들이지 않았다. 부사관 후보생들은 사관후보생들과 달리 가정환경이 대개들 좋지 않은 편이었다. 때문에 나는 그들의 인적 사항을 소상히 파악한 다음 수시로 대화를 나누면서 개인적인 문제나 군 생활의 애로 사항을 들어주려고 노력했다.

당시 훈련소에는 사관후보생과 부사관 후보생 말고 영문 타자 주특기 교육을 받는 남자 병사들도 들어와 있었다. 나는 직계 중대원들인 부사관 후보생들과 함께 1기수에 60명 정도 되는 그 영문 타자병들의 지휘 임무도 부여 받았다.

지금 아나운서로 유명한 손석희 씨도 그때 우리 부대원이었다. 무척 하얀 얼굴에 똑똑하고 예의 바른 사병으로 기억하고 있다. 그러나 사병은 사병이어서 이런저런 잘못으로 나에게 혼도 많이 났다. 어느 날 무슨 일인가로 그를 혼내고 있는데 행정부장인 소령이 부대 순찰을 돌다가 우리를 보고는 빙그레 웃으며 했던 말이 기억난다.

"똑같은 것들이 교육시키고 교육 받네."

두 사람 분위기가 비슷하다는 뜻이었는데, 특별히 어떤 점 때문에 그렇게 말했는지는 모르겠다. 요즘 방송에서 손석희 씨를 보면 가치관이 뚜렷하고 사회 인식도 올곧은 걸 느낄 수 있는데, 사병이던 그 시절에도 그런 면들이 조금은 비쳤던 것 같다.

아무튼 이런 예에서도 알 수 있듯 그 당시 나는 부사관 후보생들과 달리 영문 타자병들에 대해서는 자세히 알지 못했다. 인적 사항을 살피거나 개인 상담을 하는 경우도 없었다. 그들은 내가 그 정도까지 관리할 의무도 없거니와, 출신과 배경이 워낙 좋아서 걱정해 줄 일도 별로 없었다. 부모의 상당수가 장관, 대학 총장, 국회의원일 정도로 배경들이 든든했다. 관리자로서 내가 그들에게 할 일은 부사관 후보생들과는 반대로 다른 사병들과의 역차별을 막는 일이었다.

훈련소의 모든 훈련병들은 일절 면회가 되지 않는 게 규정이었다. 그런데 영문 타자병들의 부모는 직접 훈련소장을 방문한 다음 훈련소장의 특별 지시를 통해 자기 자식을 만나려고 하는 경우가 많았다. 그럴 때마다 나는 교육 중이라는 이유를 대며 보내 주지 않았다. 학생대장이 계속 재촉하고 나중에는 훈련소장이 직접 전화를 해도 결코 보내지 않았다. 규정을 지키는 일이고 내가 직속 지휘관이므로 상급자들도 그 점은 어쩌지 못했다.

그렇게 중대장으로 4개월 정도 복무하던 어느 날 특별한 임무 하나가 내려왔다. 특전사로 가서 교육 받으라는 것이었다. 거기엔 이런 배경이 있었다.

특전사에도 여성 특전대원들이 있는데 그들은 다 부사관으로 들어온 사람들이기 때문에 중대장은 일반 여군 장교 중에서 선발하게 된다. 그런데 특전사는 말 그대로 특수부대이므로 그곳 중대장을 하려면

1979년 8월, 나는 소위로 임관하여 여군 훈련소 2중대장으로 첫 보직을 받았다. 중위나 대위급이 하는 중대장 직을 수행하며 보람과 고통을 동시에 체험한 시기였다. (여군 훈련소 학생대 앞에서 학생대장과 1중대장과 함께. 가운데가 나)

공수 낙하를 비롯한 특전 교육을 받아야만 한다. 여군으로서는 유일하게 전투를 수행할 수 있는 부대이므로 특전사 중대장은 자부심을 가질 만한 직책이다.

그러나 남군과 동일하게 난이도 높은 훈련을 이수해야 하는데다 남군 이상으로 거친 여성 특전대원들을 지휘하는 것도 쉽지 않아 중대장 보직을 희망하는 사람이 별로 없었다. 게다가 중대장으로 부임하고 나서야 부하들이 이미 받은 특전 훈련을 받다 보니 지휘관으로서의 체면이나 통솔에 문제가 있었던 것이다.

그래서 중대장감의 여군 장교에게 미리 특전 교육을 받도록 한 것인데, 내가 거기에 발탁된 것이다. 나를 추천한 사람은 훈련소에서 우리 중대장으로 있었고 나에 앞서 특전사 중대장을 거친 엄옥순 대위였다. 엄옥순 대위는 훈련소에서부터 호랑이처럼 엄격했던 분으로, 나하고는 나중에 친구 이상으로 가까운 사이가 되었다.

특전사 교육은 4주 과정이었다. 나는 나중에 부하가 될 수도 있는 여성 특전대원들과 같은 내무반에 기거하면서 공수 낙하 등의 특전 훈련을 받았다. 여군 훈련소는 비교도 안 될 만큼 힘든 훈련이었다. 하지만 체력에는 자신이 있는 편이었고 내가 워낙 겁을 모르는 성격이었기에 그만하면 무난히 치를 수가 있었다.

그곳에서 교육 받는 동안 이른바 12·12 사태에 속하는 특전사령관 연행 사건을 겪었다. 내무반에서 총성을 듣고 다들 무슨 일인가 우왕좌왕하는데, 지휘통제실로부터 오발 사고이니 꼼짝 말고 자리를 지키라는 연락이 왔다. 그것이 특전사령관을 연행하는 과정에서 벌어진 총

격전이라는 것을 당시에는 당연히 몰랐다. 다음 날 아무 일 없었던 듯 훈련을 받으러 나가는데 지휘소 뒤에 시신 하나가 그대로 방치되어 있었다. 나중에 알고 보니 그 시신은 바로 특전사령관의 비서실장이었던 김오랑 소령이었다.

알다시피 전두환 등 신군부가 정권을 잡은 1980년도에 삼청교육이라는 게 시작되었다. 그때 삼청교육 여군중대도 만들어졌다. 이 삼청교육 중대에는 특전 교육을 이수한 전 여군이 차출되어 투입되었는데, 다행인지 불행인지 여군 훈련소 중대장 임무가 더 중요하다는 상부의 판단에 의해 나 혼자만 훈련소에 그냥 남았다.

차라리 군인의 길을
걷지 않으리라

여군 훈련소 중대장 근무 중 또 하나 기억에 크게 남아 있는 일은 후보생들을 데리고 태권도 시범을 보인 일이다.

앞에서 12·12 사태와 삼청교육대 이야기도 잠깐 했지만, 내가 특전사 교육을 받고 복귀한 1980년 여름에는 부대 분위기가 매우 긴장되어 있었다. 남자 특전대원들이 여군 훈련소인 우리 부대에까지 들어와 마당에 텐트를 치고 밤낮없이 진압 훈련을 할 정도였다. 그런 분위기가 몇 달이나 계속되었다.

그러던 중 여름이 거의 끝나갈 무렵 여군단으로부터 후보생들의 태권도 시범을 준비하라는 명령이 내려왔다. 여군 상부에서는 시국이 시국이니 만큼 여군들도 군인으로서 무언가 보여 주어야 한다고 생각한 것이다. 그런데 여군은 각처에 소수 인원이 분산 배치되어 있어 함께 무언가를 하기 힘들었기 때문에 훈련소의 후보생들에게 임무가 떨어진 것이다.

입대 전 태권도 사범까지 해보았으므로 태권도를 가르치는 건 어려운 일이 아니었다. 그리고 태권도 시범 자체는 내 생각에도 나쁘지 않을 것 같았다. 후보생들의 체력 단련과 단체정신 함양에도 좋을 것이고, 전체 여군의 이미지 향상에도 좋을 것이었다. 다만 기간이 너무 짧았다. 6월 25일인 6·25 기념일 행사에 맞춰야 했으므로 준비 기간은 겨우 한 달 보름뿐이었다.

시간이 부족하다고 해서 부사관 후보생들의 기본 교육을 소홀히 할 수도 없는 일이었다. 여군 부사관들의 교육은 마치 기술학원 교육 같아서 나중에 자대에 배치되면 자기가 배운 것들을 바로 행정 업무에 써먹게 된다. 그에 비하면 태권도 시범은 일회용 행사일 뿐이다. 그것 때문에 교육을 제대로 시키지 않아 나중에 자대에서 고문관 노릇을 하게 할 순 없는 일 아닌가.

나는 교육 시간은 건드리지 않고 아침 점호 후 30분, 일과를 마친 후 1시간씩 태권도를 가르치기 시작했다. 한정된 시간에 배워야 했으므로 매우 고되고 빡빡할 수밖에 없었다. 다행히 후보생들은 열심히 따라주었다. 코피가 나고 몸살을 앓았지만 모두들 정말 열심히 했다.

20여 일쯤 지났을 때 여군단장이 미리 시범을 보겠다고 훈련소를 방문했다. 이 여군단장은 내가 사관후보생 시절에 훈련소장이었던 분으로, 여군 중에서는 최고위직이었다. 여군으로는 최초의 무술 시범이었으므로 여군 최고 지휘관으로서 기대와 걱정이 있었을 것이다.

우리 후보생들은 도복을 입고 연병장에 집합해 여군단장 앞에서 그동안 익힌 실력을 펼쳐 보였다. 내가 보기엔 예행연습으로는 그만하면 무난한 시범이었다. 시범이 끝나자 여군단장이 앞에 나섰다.

"이 따위들밖에 못해! 너희들 군인 맞아? 이 정도밖에 안 되니까 니들이 부사관이나 하고 있는 거야."

비슷한 말들이 한참 이어졌다. 나는 멍하니 여군단장을 올려다보았다. 그동안 우리가 코피를 쏟아 가며 고생을 했건만 격려는 못할망정 무조건 윽박지르는 것만으로 군기를 잡으려 들다니, 여군단장의 태도를 이해할 수 없었다.

더욱이 군인의 계급이란 임무에 따른 차이일 뿐 그것이 군인 개개인의 가치를 말하는 건 아니다. 그런데 여군단장은 노골적으로 후보생들의 인격까지 모욕하고 있었다.

"그러니까 부사관이나 하고 있는 거야."

어떻게 그런 말을 할 수 있을까? 참을 수 없이 화가 났다. 여군단장은 중대장인 나에게도 욕에 가까운 말을 던졌지만 그녀의 말은 귀에 들어오지도 않았다. 후보생들에게 미안하고 낯이 뜨거워 그들을 차마 바라볼 수가 없었다.

여군단장은 이제부터는 학과 수업을 전폐하고 시범 때까지 태권도 교육만 시키라고 지시했다. 나는 그런 지시는 도저히 받아들일 수가 없었다. 학과 교육을 시키지 않고 자대로 보내면 그 결과는 고스란히 후보생들에게 돌아온다. 태권도 시범이 엉망으로 끝난다 해도 학과 수업을 전폐할 수는 없었다. 거기다가 여군단장에 대한 반발심도 있었다. 내 생각에는 최고 지휘관이라면 그런 자리에서 격려와 위로를 보내 주어야 마땅했다. 군기를 잡는 것과 기를 죽이는 것은 다르다. 여군단장이 보인 폭력적인 태도를 나는 용납할 수 없었다.

나는 다음 날부터 학과 수업을 전폐하지 않고 거꾸로 태권도 교육을 중단시켰다. 위에서 조바심을 내고 후보생들도 걱정스러워했지만 내가 책임지겠다고 했다.

그렇게 일주일쯤 지나자 여군단장이 훈련소장과 나를 함께 불렀다. 불려간 자리에서 나는 여군단장에게 내 임무는 학과 수업을 시키는 것이라고 단호하게 말했다. 태권도 시범 때문에 학과 수업을 하지 말라는 건 정당한 지시가 아니므로 명령 불복종이 될 수는 없었다.

"못해? 지금 못한다고 했나?"

여군단장은 어이없다는 표정으로 나를 물끄러미 바라보았다. 그러고는 나 대신 훈련소장을 향해 부하 교육 똑바로 시키라고 호통을 쳤다. 여군단장실에서 나오자 훈련소장이 "피 소위야, 네가 나를 좀 봐다오" 하고 설득을 하기 시작했다. 나는 묵묵히 듣기만 했다.

결국 다시 태권도 교육을 시작했다. 군대에서 윗사람에게 잘못 보이면 진급에 영향이 있다. 인사 고과 점수를 매기고 진급 추천을 올리는 것이 상급자이기 때문이다. 나야 내 신념이라지만 훈련소장이 애꿎게 닦달 당하는 것이 미안했다. 그리고 사실 그동안 코피를 흘려가며 연습해 온 것이 아깝기도 했다.

그러나 학과 수업을 전폐할 수는 없었다. 나는 전처럼 일과 후에 1시간씩 연습을 시켰다. 후보생들이야 차라리 학과 수업 시간에 연습을 하고 일과 후에는 쉬는 게 더 좋았을지 모른다. 하지만 훈련소 생활은 잠시고 자대에 가서야 본격적인 근무가 시작되는데 거기에서 활용할 주특기 교육을 대충 했다가는 그들 스스로도 후회하게 될 것이 틀림없었다.

아무튼 나와 후보생들은 전보다 훨씬 열심히 연습을 했다. 그리고 마침내 창설 기념일, 후보생들은 기대했던 것보다 훨씬 성공적인 시범을 보였다. 여군단장을 비롯해 기념식에 참석했던 주요 인사들도 모두를 큰 박수를 쳐주었다. 후보생들은 얼마나 감격했던지 시범이 끝나고 난 후 서로 부둥켜안고는 펑펑 울었다.

첫 자대 근무이자 첫 지휘관 근무였던 이 훈련소 생활은 후보생 시절에는 피부로 못 느끼던 군 조직의 권위적 위계질서를 생생히 느낀 시절이었다. 여군단장 앞에서 태권도 시범 예행연습을 하고 난 뒤에 쓴 일기가 아직도 남아 있다.

"병아리들 가슴에 피멍이 들었다. 처참하리만치 오만과 오기로 가득 차 있는 그녀가 한심스럽다. 아직도 나는 군인이 덜 되었단다. 그런 것이 군인의 길이라면, 차라리 나는 군인의 길을 걷지 않으리라."

물론 보람을 느낀 적도 많았다. 후보생들이 무조건 나를 믿고 따라준 것도 큰 기쁨이었다. 상급자의 불합리한 명령을 막아 내고 부하들의 애로 사항을 위로 전달하는 중간 간부의 역할이 얼마나 힘든 것인지 이때부터 느끼기 시작했지만 그래도 나는 여전히 군을 믿었다.

'전우'라는
가슴 뜨거운 단어

중위로 진급한 얼마 후 마침내 특전사 중대장으로 발령 받았다. 이때는 영외에서 출퇴근을 했다. 1980년 11월 1일자 일기에는 첫 출근한 날의 소감이 짧은 메모로 기록되어 있다.

"특전사 첫 출근. 203호 버스에 몸을 싣고 각 처부마다 인사. 장충체육관 세계 군인 태권도 선수권대회 참관. 미동초등학교, 청산여상, 특전사 3여단의 시범. 무한대 인간의 능력 발견."

특전사는 임무 특성상 위험한 훈련이 많은 곳이어서 체력과 담력이 뛰어난 사람이 아니면 버티기 힘든 곳이다. 그곳에 지원하는 사람들이라면 일단 강하고 용감한 사람이라고 볼 수 있다. 그리고 내가 보기엔 남성들보다 상대적으로 여성 특전대원들이 더욱 그런 사람들만 모여 있었던 것 같다. 특히 1960년대에 군에 들어와 20년 가까이 복무하고 있는 몇몇 여성 특전대원들은 그야말로 사회생활에서부터 산전수전 다 겪은 여걸들이었다.

여성 특전대원은 임무 편제상으로는 특전사의 행정 보조였지만 실제로는 남성들과 똑같은 전투 요원이다. 여군 중 유일한 전투 요원인 것이다. 그래서 모든 훈련을 남군과 똑같이 받는다. 군대 안에서는 남녀 차이가 가장 적은 곳이라 할 수 있다. 때문에 여성 특전대원들은 어느 여군들보다 자긍심이 강하고 행동하는 것도 하나같이 남군 이상으로 터프하다. 술 잘 마시고 욕 잘하고 화통하다.

그래서 웬만한 중대장들은 견뎌 내지를 못한다. 호칭부터 "어이, 중위 중대장!" 하고 부르면서 노골적으로 한 수 아래로 내려다보는 그들을 감당하지 못한다. 신임 중대장이 오면 우선 군화에 술을 따라주며 말술로 기를 죽이고, 족구를 하자고 해놓고는 얼굴이나 몸에 사정없이 공을 차 망신을 준다.

그런데 어떻게 소문이 나서 그랬는지 나에게는 신입 군기를 잡으려 들지 않았다. 이른바 '엉기는' 사람들이 없었다. 부임 첫날 술자리에서도 내가 술을 못 마신다고 하자 아무도 억지로 권하지 않았다. 어느 후배는 그것을 두고 그들이 같은 '꽈'로 인정해 준 것이라고 표현하기도 했다. 아무튼 나는 그렇게 텃세를 별로 당하지 않고 처음부터 우호적인 관계로 중대장 임무를 수행할 수 있었다.

나는 늘 그래 왔듯 훈련을 하던 사역을 하던 몸을 사리지 않고 중대원들과 함께 했다. 훈련소 중대장 시절과 다른 점이라면 부하들이 워낙 강하고 씩씩한 군인들이어서 내가 특별히 챙겨 주거나 무엇을 막아 준다거나 할 필요가 없었다는 점이다. 대신 지휘관의 권위를 지키는 데에 조금 더 신경을 써야 했다. '장'으로서의 지휘관은 어쨌거나 부

여군 훈련소 2중대장 수행 4개월 만에 나는 특전 교육을 받았다. 말 그대로 특수부대의 공수 낙하를 비롯한 특전 교육을 남군과 똑같이 받고서 나는 중위로 진급되어 특전사 중대장에 임명되었다. (1979년 12월, 공수 교육을 받으며)

하들이 믿고 따를 수 있는 좋은 의미의 카리스마를 유지해야만 하는 것이다. 인간적인 소통과 더불어 공사가 분명한 엄격함을 지니고 있어야 하고, 무엇보다 모든 일에 솔선수범할 수 있어야 한다.

특전사에서는 신병들이 4주 기본 교육을 마치고 마지막으로 점프 (고공 낙하) 훈련을 할 때면 상급 간부 가운데 한 사람이 축하하는 의미로 함께 뛰어내린다. 이것을 흔히 '축하 점프'라고 한다. 그런데 공수 낙하라는 건 언제나 사고의 가능성이 있다. 그리고 아무리 여러 번 경험이 있어도 그때마다 긴장하기는 마찬가지다. 그래서 보통 순번으로 돌아가며 하거나 훈련소장이 임의로 한 사람을 지명하곤 하는데, 그래도 몸이 아프다는 등의 핑계를 대며 빠져나가기도 한다.

중대장은 보통 그 축하 점프에는 참여하지 않는다. 그러나 나는 축하 점프 행사에 한 번도 빠지지 않았다. 내가 직접 가르친 훈련병은 아니라도 늘 내가 주관한다는 마음으로 함께 뛰어내렸다. 솔선수범해야 한다는 마음도 있었지만 기를 끌어 모으며 단체로 움직이는 그런 자리가 좋았다. 그래서 점프가 아니고 보통 훈련 때도 나는 자주 훈련장에 나가 지켜보고는 했다.

날이 갈수록 중대원들과는 격의 없이 친해졌다. 부임 초기 약간의 긴장은 완전히 사라지고 서로 농담하고 장난도 치는 사이가 되었다.

중대장으로 부임한 후 여덟 번째인가 점프를 할 때였다. 그날은 뛰어내릴 때부터 바람이 많이 불어 낙하산이 흔들렸다. 착지하면 가장 먼저 할 일이 낙하산을 접어 끌어당기는 일인데, 바람 때문에 착지가 불안하여 쉽지가 않았다. 더욱이 정면으로 바람을 맞아야 하는데 배풍을 맞게 되어 접히지 않는 낙하산에 한참이나 끌려갔다.

몸을 가누지 못하는 그 와중에 코피가 주르르 흘렀다. 겨우 낙하산을 수습한 후에 우선 코피부터 닦았다. 작은 실수지만 부하들에게 그런 모습을 보이기가 싫었다.

목장갑으로 코피를 닦아 내고는 아무 일 없었다는 듯 중대원들이 모여 있는 곳으로 가서 물었다.

"사고자 없나?"

"한 사람 있습니다."

중대원 몇 명이 한꺼번에 말했다. 나는 놀라서 "누군데? 어떤 사고야?" 하고 황급히 물었다. 그러자 중대원들이 큰소리로 웃었다.

"중대장님이요. 코피 났잖아요."

힘든 훈련 속에 그렇게 여유와 농담을 즐기는 특전사 분위기가 나는 좋았다.

이 시절에는 훈련소가 아니고 일반 부대인데다 특전사이기까지 하다 보니 한미연합작전, 독수리작전 등 실제 상황에 준하는 여러 훈련에 수시로 참여했다.

나는 훈련에 참가하여 작전 브리핑을 들을 때마다 뜨거운 기운이 솟구치는 것을 느끼곤 했다. 용기가 필요한 자리, 온몸을 바쳐야 하는 자리들에서 나는 오히려 삶의 활력을 맛보고는 하였다. 영외에 있다가 비상이 걸려 택시를 타고 급히 출근할 때에도 기분 좋은 쾌감을 느꼈다. 겨울날 영하 30도를 오르내리는 새벽에 순찰을 돌다가 총을 들고 우뚝 서 있는 병사들을 보면 그들이 자랑스러웠다. '전우'라는 단어는 그렇게 늘 내 가슴을 뜨겁게 했다.

특전사 중대장으로 보낸 기간은 9개월이었으니 비교적 짧은 시간이었다. 그러나 혹독한 훈련을 이겨 내며 비로소 군인이 되었다는 실감을 가장 크게 맛보았던 시절이기도 하다.

더 오래 할 수도 있었던 특전사 근무를 이 정도에서 접었던 건 이때 마침 육군항공학교에서 최초로 여군 헬기 조종사를 모집했기 때문이었다. 낙하를 하기 위해 비행기를 타고 푸른 하늘을 날다 보면 문득 조종사가 돼 보고 싶다는 생각이 들곤 했었다. 그런데 감히 생각지도 못했던 기회가 생겼다.

정부 수립 후 우리나라 최초의 여군 비행사가 된 사람은 공군 대위로 활동하다 전역한 김경오 씨다. 김경오 씨는 6·25 전쟁 중에 군에 자원했는데, 전쟁 중이라 인적 자원이 부족하고 홍보용으로도 효과가 크기 때문에 입대가 받아들여졌다.

여성계에서 활발한 시민운동을 하는 정광모 씨도 이때 같이 지원했다고 하는데, 김경오 씨만 비행 교육을 끝까지 수료하여 군 복무까지 하였다. 전쟁이 끝나고 전역한 후에도 항공 분야에서 꾸준히 활동한 김경오 씨는 자기 뒤를 이를 사람이 없음을 안타까워하다가 주영복 국방부 장관에게 육군항공학교에서 여군 후배를 양성해 달라는 건의를 하였다.

국방부는 정책적으로 군 사기 앙양에 좋은 기회라 판단하고 육군에 지시했지만 남성 중심으로 돼 있는 항공병과의 문화로 인해 처음에는 탐탁지 않아 했다. 그러나 당시 여군 특수병과는 타자나 민간 홍보 등 일부 부서에서만 상징적으로 활동하던 영역을 정보, 헌병 등에까지 확장해 가던 시기였기에 이를 적극 추진할 수 있었다. 결국 항공학교에서도 남군과 동일한 시험을 통과하면 받아 준다는 조건으로 여군들에게 지원의 기회를 허락하였다.

낙하할 때마다 타고 다니던 헬기를 내가 직접 조종한다면······. 생각만 해도 매력적이고, 남군들과 당당히 경쟁하면서 군인다운 임무를 수행할 수 있을 거라는 기대가 나를 들뜨게 했다. 나는 즉시 항공학교 시험에 응시했고, 영어와 상식 그리고 기준이 높은 신체검사를 모두 통과하여 합격하였다.

"단결! 신고합니다. 중위 피우진은 1981년 7월 28일부로 특전사령부로부터 항공학교로 전출을 명~받았습니다. 이에 신고합니다!"

이렇게 해서 나는 6개월 과정의 육군항공학교 헬기(회전익) 14기 교육을 받게 된다. 남군들만의 영역에 본격적으로 첫 발을 디딘 것이다.

최초의 여군 헬기
조종사들

육군항공학교 시험에 함께 합격하여 같이 교육을 받게 된 여군은 나를 포함해 3명이었다. 남군까지 합하면 모두 34명이었는데, 6개월 후 정식 수료를 마친 사람은 19명에 불과했다. 그만큼 까다롭고 힘든 훈련이었다.

특히 여군인 우리들은 유형무형의 온갖 텃세에 시달려야 했다. 항공은 육군 안에서 인원이 가장 적은 병과이면서 그때까지 여군이 전혀 없던 곳이라서 모든 문화와 분위기가 완전히 남성 중심이었다. 게다가 자신들이 직접 뽑은 것도 아니고 여군단과 국방부의 지시에 의해 어쩔 수 없이 받은 입장이라 마땅치 않아 하는 기색을 노골적으로 드러냈다. 거기다가 그럴 만한 계기 하나가 또 있었다.

우리보다 1기 먼저 지원한 여군 선배 한 분이 있었는데, 이분이 여군으로서는 처음으로 헬기 교육을 받았다. 당연히 군 안에서는 물론이고 외부의 일반 언론에서까지 관심이 지대했다. 거의 매주 높은 분들

낙하할 때마다 타고 다니던 헬기를 내가 직접 조종하는 꿈을 꾸곤 했다. 그래서 나는 꿈을
이루려 항공학교 시험에 응시했고, 마침내 1981년 7월 항공학교에서 6개월 과정의 육군항
공학교 헬기 14기 교육을 받고 헬기 조종사가 되었다. (육군항공학교에서 조종 교육을 받
으며)

이 훈련장에 순시를 나와서 지켜보고는 하니 항공학교로서는 불편하기 짝이 없었다. 게다가 체력 단련도 안 시키고 항공학교장이 비행기에 동승하는 등 남군에 대한 역차별이라 할 만큼 특별 우대를 받았다. 한마디로 '눈꼴' 시렸던 것이다.

우리는 두 번째 기수이다 보니 세간의 관심은 덜했지만 여전히 여군으로서는 최초에 해당하는 헬기 조종사였기에 남군들이 은근히 시기할 만했다. 그래서 우리 기수부터는 남군과 훈련을 똑같이 해야 한다는 명분 아래 강도 높은 교육과 기합을 받았다. 딱딱한 활주로 위를 거의 매일 탈진할 만큼 구보를 시켰고 '줄빳다' 기합도 남군과 똑같이 받았다.

항공학교는 장교 교육 중에는 유일하게 구타가 허용되는 곳이기도 하여 우리 여군들도 심심찮게 구타를 당했다. 목욕을 갈 때면 시퍼렇게 멍든 허벅지를 가리고 다녀야만 했다. 비행 기술을 익히기 위한 각종 교육도 고도의 체력과 정신력이 요구되었지만, 그 밖에 모든 일과에서도 긴장을 일절 늦출 수가 없었다. 가장 엄혹했던 특전사 교육만큼 힘이 들었다고 할 수 있다.

단독으로 정찰 임무에 나서는 경우가 아닌 한 비행기는 대개 누군가를 태우고 다닌다. 조종사의 실수나 판단 착오는 자기뿐 아니라 탑승자의 목숨도 위태롭게 하기 때문에 고도의 집중력을 요구한다. 그래서 항공학교에서는 조종 기술을 교육하는 매 과정마다 엄격한 테스트를 하면서 부적응자를 수시로 탈락시킨다. 34명으로 시작해 19명만 수료를 마친 게 그 때문이다. 방향 조절, 고도 조절, RPM 조절, 기수

유지······. 어느 하나 만만한 과정이 없었다.

나도 한 번은 영락없이 탈락되었구나 하고 느낀 때가 있었다. 교육생들을 태운 비행기가 공중에서 십여 차례나 회전을 하고 나서 착륙했을 때였다. 이때는 방향 감각 테스트였다. 동서남북을 정확히 말하지 못하면 탈락이라고 했다. 그런데 하늘에서 위아래로 뱅뱅 돌고 나니 도무지 방향을 가늠할 수 없었다. 토하지 않은 것만도 다행이었다. 테스트를 끝내고는 여기서 끝나나 하고 가슴이 철렁했다.

그런데 다행히 이날의 훈련은 탈락을 결정하는 본격적인 테스트가 아니었다. 공중회전을 경험시키는 시범 훈련이었다면서 교관들이 웃었다. 처음 공중회전을 하고 나면 누구도 방향을 제대로 파악하기 어렵다고 했다. 이밖에도 순발력이나 기압 적응 훈련 등 각 단계마다 강도 높은 훈련과 테스트가 있었다.

여군 2명은 이런 힘겨운 과정을 모두 치르고 이듬해 1982년 2월에 항공단 예하의 대대로 정식 배치되었다. 육군항공단은 전투 헬기와 기동 헬기로 나누어지는데 여군은 모두 기동 헬기 대대로 들어갔다. 여군은 화장실이나 숙소 등에서 여성만의 별도 시설이 필요하므로 부대도 모두 한곳으로 몰아 같은 부대로 배속되었다.

우리 부대의 주 임무는 VIP 공수와 병력 수송 등이었고, 간헐적으로 작전 임무에도 투입되었다. 비행은 정조종사와 부조종사 2명이 파트너가 되어 움직이는데, 조종사 교육을 갓 마친 우리들은 당연히 부조종사 임무를 맡았다. 정조종사가 되려면 최소 300시간 이상 비행 경험을 쌓은 후 일정한 트레이닝과 교육을 다시 받아야만 했다.

항공대대에서 내가 맡은 첫 임무는 일선 부대를 시찰하는 육군본부의 투스타 작전부장을 공수하는 일이었다.

임무가 주어지면 그 전날에 미리 지도를 보며 이동할 곳의 지형을 숙지하고 기상 상태도 미리 파악한다. 그날의 첫 임무는 별 어려움 없이 수행했다. 그런데 비행이 끝나고 난 후 조금 특별한 일이 있었다. 착륙하고 난 후 정조종사는 작전부장을 배웅하고 나는 시동을 끄고 있었는데, 작전부장이 봉투 하나를 정조종사에게 내미는 게 보였다. 처음엔 그게 무엇인지 몰랐는데 잠시 후 정조종사가 봉투에서 돈을 꺼내더니 일부를 내게 주었다.

"뭡니까?"

"저녁이나 사 먹어."

"됐습니다."

"수고했다고 주는 거니까 그냥 받아."

나중에 알고 보니 그것은 VIP 공수에는 늘 있는 관행이었다. 조종사들이 VIP들에게 수고했다는 촌지를 받는 것이다. 나는 그것이 너무 이상했다. 군인으로서 주어진 임무를 수행했을 뿐인데 별도 수고비를 왜 받는단 말인가. 비리라고 할 것까진 없지만 납득이 안 되는 관행이었다.

이 촌지 관행은 조종사들의 임무 할당에도 좋지 않은 영향을 미쳤다. VIP 공수는 임무가 깔끔하고 수고비도 들어오니까 서로 하려고 하는 대신 작전 임무는 기피하는 것이다. 그리고 조종사에게 임무를 부여하는 대대장은 대대장대로 자신의 고유 권리를 이용하여 조종사를 다스린다. 명령과 복종이라는 당연한 위계질서 말고도 임무 할당에 교묘한 압력과 아부 같은 것이 생기는 것이다.

나는 오히려 작전 임무를 많이 달라고 요청했다. 촌지를 받는 것도 불편하고 비행 경험을 많이 하고 싶기도 해서였다. 그래서 대위 등 하급자들이 주로 하는 작전 임무와 특전사 요원의 병력 수송을 많이 했다. VIP 공수를 나가 촌지를 받을 경우엔 부대에 보고하고 전액을 반납했다. 촌지가 설사 VIP들의 자발적 호의라 하더라도 내 상식으로는 그건 결코 받지 말아야 할 돈이었다. 다행히 그런 관행은 몇 년 후 없어졌다.

비행은 일주일에 1~3회 정도였다. 헬기는 한 번 뜨면 2시간을 비행하고 연료를 보급 받아야 했다. 평범한 공수 임무는 2시간에 완료할 수 있지만 작전에 나가면 한 지역을 계속 돌기 때문에 최소 서너 시간은 걸린다. 따라서 중간에 기착하여 연료를 리필해야만 했다. 그런데 연료 리필은 비행장에서 하지만 그 밖에 작전 임무에서는 비행장이 아니라 주로 산이나 농토 등에 착륙하므로 용변이 급한 경우 애를 먹었다.

알다시피 비행복은 소방수나 잠수부들 옷처럼 몸 전체를 한꺼번에 끼도록 돼 있다. 용변을 볼 때 남자들은 선 채로 앞 지퍼만 내리면 되지만 여자들은 옷 전체를 거의 벗고 앉아야 하므로 불편하기 짝이 없었다. 그래서 한때는 조종복 뒤에 지퍼를 따로 만들어 벗지 않고 앉을 수 있게 했는데, 모양도 그렇고 거치적거리기 일쑤여서 별로 활용되지는 않았다.

여러 가지 어려움에도 불구하고 비행 자체는 정말 재미있었다. 조종석에 앉을 때마다 뿌듯한 회열을 느꼈다. 가장 유쾌했던 기억은 내가 중대장으로 있었던 특전사 요원들을 고공 낙하시켰을 때였다. "어머, 중대장님!" 하면서 예전의 부하들이 반가워하고 신기해 했다. 나도 그들을 가능하면 좋게 착지시키려고 바람의 방향과 세기를 유심히 관찰하면서 그 어느 때보다 신경을 썼다.

죽을 고비를 넘긴 적도 있다. 한미연합작전에 나갔을 때였다. 병사 6명을 태우고 여러 대의 헬기와 함께 작전을 나갔는데, 착륙 지점 가까이 이르렀을 때 바람이 많이 불었다.

헬기를 이착륙 시킬 때 가장 명심해야 할 것이 정풍(바람을 정면으로 맞는 것)으로 이착륙하는 일이다. 배풍을 받게 되면 조종을 원활하게 하기 힘들다. 그런데 조심스럽게 바람을 타며 헬기를 움직여 가고 있을 때였다. 갑자기 바람의 방향이 휙 바뀌며 헬기가 심하게 흔들렸다. 그럴 때는 일단 되돌아갔다 와야 하는데 작전에 차질이 생길까 봐 시간을 오래 지체할 수가 없었다.

정조종사와 나는 다른 헬기와 계속 교신을 해가면서 배풍을 타고 천천히 하강 준비에 들어갔다. 그러다가 하강 예상 지점 3미터 앞쯤에 이르렀을 때였다. 아직 고도를 낮추지도 않았는데 순간적으로 헬기가 뚝 떨어지는 것이었다. 다시 상승하려고 급히 손을 써봤지만 조종 장치가 전혀 제어되지 않았다.

이대로 내리꽂히면 전원 사망이었다. 병사들도 모두 놀라 여기저기에서 다급한 비명이 솟구쳤다. 나는 훈련 때 배운 대로 마인드 컨트롤을 하며 조종간을 잡은 손에 힘을 주었다. 그러나 헬기는 여전히 자기 마음대로 흔들리며 지상으로 떨어져 갔다.

죽는가 보다 하는 생각이 들었다. 헬기는 전투 비행기와 달리 조종석과 함께 솟구치는 탈출 장치가 없다. 그런 게 있다 한들 탑승한 병사들을 두고 조종사만 탈출할 수도 없는 일이다. 운명에 맡길 수밖에 없는 시간이었다. 너무 다급하여 사실은 죽음의 공포조차 없었다. 어떻게든 헬기를 조종해야 한다는 마음뿐이었다.

그런데 신이 도왔는가 보았다. 헬기가 산자락에 거의 닿으려고 하는 순간 이번엔 거꾸로 헬기가 부웅, 위로 떠올랐다. 저 혼자 하강 기류에 휘말렸다가 이번엔 상승 기류를 탄 것이었다. 그렇게 겨우 추락을 모면한 후에야 조정간이 작동되어 가까스로 착륙을 할 수 있었다. 뒤에 따라오던 미군 비행기는 이미 한국군 비행기가 사고 났다고 무전을 친 후였다.

여성인가, 군인인가?

죽을 고비까지 경험해 봤지만 그런 경험은 사실 지금에 와서는 흥미로운 체험으로 웃으면서 이야기할 수 있다. 그러나 어떤 추억들은 곱씹을수록 쓸쓸해진다. 제도의 한계로 차별 받은 기억들이 그렇다.

함께 조종사가 되었던 여군 동료들은 모두 정조종사가 되어 보지 못하고 항공단을 떠났다. 우선 후배가 가장 먼저 군을 떠났다. 출산 때문이었다. 여군도 결혼은 할 수 있지만 아이를 낳으면 전역을 해야 했다. 그것이 규정이었다.

참 우스꽝스런 제도이다. 결혼을 하면 아이를 낳는 게 당연한 일 아닌가. 여군이 무슨 성직자도 아닌데 결혼까지 못하게 하는 건 너무 말도 안 되니까 결혼은 허용한 듯한데 막상 출산을 하면 강제 전역시킨다. 결국 결혼을 하지 말라는 이야기다. 이건 비합리적이 아니라 비인간적인 제도다.

후배는 동료 조종사와 결혼했는데 임신을 하자 그만둘 수밖에 없었다. 그러나 결혼하고 나서도 한동안이나마 근무할 수 있었던 건 장교니까 가능했던 일이다. 부사관은 아예 결혼조차 할 수가 없다. 여군 부사관은 자격 규정 자체가 미혼으로 한정돼 있었던 것이다.

설령 수도사처럼 끝까지 미혼으로 지낸다 해도 여성 차별은 곳곳에 있다. 장교는 계급이 올라가면 그에 따른 필수 교육과 필수 직위를 거쳐야 한다. 그래야 다음 단계로 올라갈 수 있다. 그런데 여군 조종사는 실질적으로 항공병과에 속해 있는데도 여군이라는 이유로 비공식 파견 요원으로 관리되었다. 때문에 진급하고도 그에 따른 교육을 받지 못해 조종사의 기술 등급을 올릴 수가 없었다. 또 비행도 자주 시켜 주지 않아 보직을 받는 데에 필요한 비행시간도 채우기가 힘들었다.

남군 조종사는 시간에 따라 조종 등급이 올라가는데 여군은 늘 그대로였다. 조종도 늦게 시작했고 계급도 낮은 남군이 정조종사가 되는데 그 밑에서 부조종사를 한다는 건 단지 불편한 것만이 아니라 수치심까지 느낄 수 있는 일이다. 그리고 이런 상황에서는 자연스럽게 남군 조종사들이 여군 조종사를 동등한 동료로 보지 않는 분위기가 생겨난다.

그래서 동료 여군 조종사들은 견디다 못해 차례차례 항공병과를 포기하고 일반 여군으로 돌아가고 말았다. 조종이 하고 싶다고 울먹이던 동료, 아이를 낳고는 아예 군 자체를 떠나게 되어 억울하다고 눈물 뿌리던 후배의 얼굴이 지금도 생생하다.

그들을 위로하며 나는 어떻게든 버티리라 마음을 굳게 다지곤 했지만 속으로는 나도 가끔 아득했다. 나의 군인 정신은 나라를 위해서는 언제라도 죽을 수 있다고 말하고 있었지만, 나의 적은 북쪽 어디에 있는 게 아니라 내 주변의 남군이고 문서 쪼가리들이었다.

이와 더불어 계급이 곧 폭력이 돼 버리는 권위적인 질서 같은 건 아무리 많이 경험해도 익숙해지지 않았다. 상위 계급이란 게 단지 임무상의 윗선이 아니라 하급자를 자기 뜻대로 조정하고 부려먹는 도구가 되는 게 군대다.

예를 들어 어떤 비행 교육을 시킨다면 상급자의 판단에 따라 2주를 시킬 수도 있고 3주를 시킬 수도 있다. 그리고 최종 평가 역시 상급자가 매긴다. 이처럼 교육 기간과 평가 점수를 상급자가 좌지우지할 수 있다 보니 부조종사는 정조종사에게, 정조종사는 교관 조종사에게, 교관 조종사는 다시 대대장에게, 늘 눈치를 보며 아부를 한다. 상급자는 또 그런 권한을 이용하여 하급자를 자기 뜻대로 다룬다.

이런 건 어쩌면 일반 회사를 비롯해 인간이 모여 사는 단체 어디에나 있는 문제일 것이다. 근본적으로는 제도의 문제 이전에 사람들 자신의 출세 욕망과 나약한 비굴성 때문에 생기는 것이기 때문이다. 그러나 제대로 된 조직이라면 사람들이 나약한 본능으로 움직여 가는 게 아니라 내면의 좋은 능력이 살아나도록 제도가 갖추어져야 할 것이다.

내가 기대했던 군이 바로 그런 조직이었다. 영업을 하고 이익을 추구하는 곳이 아니라 나라를 지키기 위해 만들어진 조직이기에 능력을 우선하는 공평한 시스템이 있을 것이라고 기대했다. 그러나 나는 얼마나 순진했던가. 군대란 곳은 일반 사회보다 더 원색적인 경쟁과 폭력적 권위주의가 횡행하는 곳이었다.

개인적으로 나는 회식 자리가 아주 싫었다. 내가 술을 못해서 지루하기도 했지만 그런 건 큰 문제가 아니었다. 원래 술을 안 하는 사람은 나름대로 술자리에 적응하는 자기만의 노하우를 터득한다. 그래서 분위기 좋은 자리에서는 술 한잔 안 마시면서도 얼마든지 즐겁게 어울린다. 그런데 군대 회식은 질편한 객기와 엄격한 상하 관계가 함께 작용되어 아주 곤혹스러웠다. 회식에 가면 여성은 무조건 최상급자 주위에 앉히려고 한다. 마치 접대부를 앉히는 식의 그런 일을 중간 간부들이 알아서 한다.

그래서 나는 회식이 있으면 늘 가장 먼저 가서 아랫자리에 앉았다. 그러고는 술자리 내내 그 자리에서 한 발짝도 움직이지 않았다. 그렇게 나의 태도를 분명히 해도 자꾸 자기들 곁으로 불러올리려는 간부들의 요청을 매번 사양하는 게 얼마나 곤혹스러운지 모른다. 술 한잔 마신 상사가 숙소까지 데려다 주겠다면서 차 안에서 슬그머니 손을 잡는 경우는 수도 없이 많았다. 그때마다 손을 뿌리치면서 정색해야 하는 것도 못할 짓이다.

그래서 내 태도는 갈수록 더 딱딱해졌다. 처음부터 아예 조금도 흐트러짐이 없는 자세와 표정을 보이면서 접촉 시도를 미리부터 차단시켜야만 했던 것이다. 내가 워낙 엄격한 태도를 유지하니까 나에게 집적거리는 남군은 차츰 줄어들었다. 하지만 그 대가로 무엇이 돌아오겠는가? 자기들 문화를 받아들이지 않는 여군을 남군은 결코 좋아하지 않는다.

나도 결국엔 부조종사만 하다가 1984년 가을, 조종사 근무 32개월 만에 항공대를 떠나게 되었다. 여군의 최상부인 여군단에서조차 여군 조종사들을 지원할 의지도 힘도 없었으므로 내 개인의 힘으로는 역부족이었다. 군대 생활이 어느덧 5년을 넘어서고 있었지만 익숙하게 받아들일 수 있는 일들은 여전히 많지 않았다.

보람과 기쁨을
안겨 준 88사격단

육군종합행정학교 안에는 흔히 '상무'라고
부르는 체육부대가 있다. 이곳 선수들은 군에서 처음 선발된 사람들도
있지만 대개는 입대 전부터 선수로 활약하던 사람들이어서 실력이 출
중한 사람들이 많다. 국가 대표급 선수들도 적지 않다.

여군병과로 돌아온 나는 다른 여군들처럼 부관병과의 OAC 보수
교육을 받고 지휘관으로서의 푸른 견장도 다시 받았다. 대위 진급은
항공대에 근무할 때 이미 돼 있었다. 그렇게 여군병과에 돌아온 후
1985년에 조금 특별한 임무를 맡았다. 체육부대의 여자 선수들을 관
리하는 일이었다.

체육부대의 여자 선수들은 사이클, 유도, 사격 세 부문에만 있었다.
그들을 관리하는 소대장이 사이클과 유도 선수를 묶어 한 사람, 태릉
선수촌에 따로 나가 있는 사격에도 소대장 한 사람이 있었다. 당시 우
리나라는 86 아시안게임과 88 서울올림픽 준비로 열을 올리고 있었

는데, 군도 이에 발맞춰 체육부대를 더욱 활성화하기 위해 여자 선수 전부를 관리하는 중대장 보직을 하나 만들었다.

내가 그 여군 중대장으로 발탁된 것이다. 전공이 체육학인데다 지휘관으로서의 리더십이 강하다고 정평이 나 있어 추천된 것 같았다. 물론 선수들에게 실제로 기술을 지도하는 코치와 감독은 따로 있었다. 중대장은 선수들의 일상생활을 비롯해 정신력과 체력을 강화시키는 일반적인 관리를 담당하도록 돼 있었다.

나는 기본 숙영지를 사격 선수들이 있는 태릉선수촌에 잡아 놓고 일주일에 한두 번 정도 양쪽으로 오가며 회의를 주재했다. 그러다가 몇 개월 후 사격 선수들이 '88사격단'이라는 이름으로 별도 분리되면서부터는 사격단 하나만 책임지는 사격단 중대장이 되었다.

88사격단은 민군 합동 선수단이었다. 민간인 선수들은 국가 대표로 발탁되면 태릉선수촌에서 합숙 훈련을 한다. 사격은 연습 때에도 실탄을 사용하는데, 실탄 사용의 승인권이 군에 있다. 게다가 사격 선수는 군인 선수 중에 국가 대표급 실력자들이 많이 있으므로 아예 민간과 군인 선수를 군부대에서 함께 관리하도록 한 것이다.

민간 선수들이 처음에는 많이 반발하였다. 민간인이 왜 군인과 섞여 군부대의 지휘 감독을 받느냐 하는 당연한 불만이었다. 사격은 정신 안정이 무엇보다 필요한데 체력 단련이라는 명목으로 군인들과 함께 구보 등을 시키고 하니까 불만이 없을 수 없었다. 전시도 아닌데 군이 민간인을 통제한다는 건 내 생각에도 조금 이상했다. 당시는 전두환 대통령 등 신군부 실세들이 군과 정계 요직을 모두 장악하고 있는

1985년, 나는 체육부대 '상무'의 여자 선수들을 관리하는 여군 중대장으로 발탁되었다. 당시 86 아시안게임과 88 서울올림픽을 준비하며 보낸 나날들은 기쁨과 보람의 날들이었다. (86 아시안게임 준비 전지훈련을 떠나기 앞서 공항에서 선수들과 함께. 나는 뒷줄 가운데 군복을 입고 있다.)

시대였으므로 밀어붙이기식 합동 훈련이 통할 수 있었던 것 같다.

어차피 중대장을 맡은 입장에서 나는 나대로 민간 선수들을 설득해야만 했다.

"너희들은 가슴에 태극기를 달고 있다. 너희나 나나 국가로부터 부름을 받고 국가를 위해 일하고 있는 것이다. 우리 목표는 똑같다. 국가 대항전인 대회에 나가서 메달을 따는 것 아니냐. 그러니 너희들 마음은 이해하지만 작은 문제들은 함께 풀어 가면서 결과를 위해 노력하자. 선수촌에서 합숙을 해도 일정한 통제는 있을 것이고, 여기에서는 실탄 사용을 더 자유롭게 할 수 있는 장점도 있고 하니까 다른 건 다 잊고 열심히 훈련만 하자."

대강 이런 정도의 말을 하자 민간 선수들도 결국엔 호응을 해주었다. 나는 밤새워 토론도 하는 등 수시로 회의를 주재하면서 선수들의 기록 체크를 비롯해 개인적 애로 사항과 건강 등을 관리했다.

그 즈음 사격단장이 새로 왔는데 통이 크고 매너가 좋았다. 선수들에게도 매우 자상하고 모든 일에 열성적이어서 선수들 스스로 메달을 따서 단장님을 기쁘게 해드리자는 자발적인 열의를 보였다. 나하고도 여러모로 잘 맞았다. 군인의 임무만 요구하는 상사에게는 나도 늘 최선을 다했기에 그 사격단장도 나를 인정해 주었다.

사격은 매우 예민하고 감각적인 운동이다. 때문에 당시 사격단 지휘부는 선수들 개개인의 음식 취향이나 생리 주기까지 꼼꼼히 분석하면서 기록 관리를 했다. 여성은 생리가 오면 여러 가지 신체적·정서적인 변화가 일어난다. 누구는 극도로 불안해지는가 하면 반대로 생리 때에 오히려 평소보다 차분해지는 사람도 있다. 그리고 생리가 오면 꼭 어떤 음식을 먹어야 안정이 되는 사람도 있었다. 어떤 선수는 생리 기간 때 사격 점수가 평소보다 5점 이상이 높아지기도 했다.

이처럼 여자 선수의 사격 점수가 생리와 밀접한 관계에 있다는 것이 분석되자 어느 날 생리 주기를 시합 날짜에 맞춰 조절하라는 지시가 내려왔다. 대회가 두어 달 남았을 때였다. 사격단장으로부터 이런 지시를 받고 생리 주기 조절을 어떤 식으로 해야 하는지 알아보니 일종의 피임약이라고 할 수 있는 약을 먹는다고 했다. 그 말을 듣고서 이건 아니다 싶었다. 피임약을 많이 먹으면 나중에 결혼 후 살이 많이 찐다는 이야기를 어디선가 들은 듯했고, 아무튼 약을 통해 인위적으로 생리를 조절한다는 게 정상은 아니라고 판단했다.

나는 단장에게 찾아가 인위적인 생리 조절은 할 수 없다고 했다. 이 일로 그간 사이가 좋았던 사격단장과 처음으로 부딪치게 되었다.

"우리는 군인이고, 주어진 목표를 위해 할 수 있는 최선을 다 하는 게 우리 임무다. 피 대위, 군인 정신이 그 정도밖에 안 되나? 그렇게 안 봤는데."

"저도 단장님 그렇게 안 봤습니다. 선수들이 도구는 아니잖습니까. 아이들 건강을 해치면서까지 약물로 인위적인 생리 조절을 하게 할 순 없습니다."

그런 식으로 잠깐 언쟁을 벌였다. 그러고 나서 선수들에게 내려와 그 말을 전하면서 인위적인 생리 조절에 따른 부작용이 어떤지 물어보았다.

그러자 선수들이 모두 웃었다. 피임약이긴 하지만 그런 걱정은 안 해도 된다는 것이었다. 전에도 사용해 봤는데 별다른 부작용은 없고, 피임 주기도 약을 중지하면 얼마 후 원래 주기로 자연스럽게 돌아간다고 했다. 그리고 지시가 없어도 선수들 스스로 경기에 맞춰 조절을 하기도 한다고 했다. 확신할 수가 없어 선수의 건강을 책임지는 의사에게 물어보았더니 같은 대답이 돌아왔다. 크게 염려할 문제는 아니라는 것이었다.

피임약을 한 번도 써 본 적이 없는 나의 무지였다. 그래서 단장에게 오히려 사과하고 선수들의 생리 주기 조절을 시작했다. 이것이 계기가 되어 나는 나중에 대학원을 다니며 석사 논문을 쓸 때에도 여성의 스포츠 생리에 관한 논문을 썼다.

아무튼 이런 노력이 통했는지 다행히 시합은 큰 성과가 있었다. 아시안게임 여자 사격 부문에서 여자 단체 부문 금메달을 땄고 개인 금메달도 3개나 나왔다. 88사격훈련단은 이런 성과로 해서 대통령으로부터 부대 표창장까지 받았다.

누가 성희롱을
하는가?

체육부대 중대장은 색다른 경험이었다. 지휘관이라기보다는 총감독이라는 말이 더 어울리는 임무였는데, 어쨌거나 메달 획득이라는 목표도 달성하여 나름대로 보람을 느낀 시간이었다. 그러나 이 시절의 이야기에도 빼놓을 수 없는 건 여군이 있는 곳 어디에서나 벌어지는 그 지긋지긋한 성희롱 사건들이다.

내가 체육부대로 전근해 간 며칠 후였다. 여군 사격 선수 중 고참 하나가 내 밥을 차려서 가지고 왔다.

"너희들과 같이 먹을 건데 왜 가지고 왔어."

"저기, 드릴 말씀이 좀 있어서요."

조심스럽게 말문은 연 그 선수는 부대장의 '손버릇'을 비롯해 훈련에 방해가 되는 몇 가지 부조리한 일들을 털어놓았다.

여자 선수가 사격 연습을 할 때 부대장이 다가와 몸을 만지는 경우가 많다고 했다. "컨디션 어때?" "자세가 좋군" 하면서 훈련과 관계된 말을 하긴 하지만 그게 어떤 종류의 접촉이라는 걸 여자 선수들이 모를 리 없다.

여자 선수들은 사격을 하다 깜짝 놀라기도 하고, 또 부대장이 뒤에 가만히 서 있기만 해도 언제 다가올지 신경이 쓰여 연습에 집중할 수 없다고 했다. 해외 전지훈련을 나갔을 때 당했던 일도 들려주었다. 해외에 나가면 선수들이 부대장의 양말까지 빼는 등 온갖 수발을 들어줘야 하고, 때로는 술 마신 상태에서 선수들을 자기 숙소로 불러 엉뚱한 짓을 하기도 하여 놀라 뛰쳐나오곤 했다는 것이었다.

"알았다. 내가 막아 주마."

나는 그 다음부터 매일 사격장으로 나가 부대장의 행동을 예의 주시했다. 내 눈에 띄면 따끔하게 망신을 주겠다고 마음먹고 있었다. 그러나 여러 날이 지나도 다행히 그런 일은 벌어지지 않았다. 그러던 어느 날 선수가 아닌 내가 그런 경우를 당했다.

태릉사격장에서 부대장과 함께 체육부대로 돌아갈 때였다. 나는 먼저 지프에 올라 운전석 옆자리에 앉았다. 그런데 잠시 후에 나온 부대장이 나에게 뒷자리에 앉으라고 했다.

"아닙니다. 저는 여기에 선탑하겠습니다."

내가 사양을 했지만 부대장은 계속 권유했다.

"똑같이 지휘관으로 회의하러 가는데 무슨 선탑을 해. 소대장도 아니고 중대 지휘관이니까 여기 뒤에 와서 앉아."

대여섯 번 가까이 그런 말이 오갔다. 나 때문에 차가 출발하지 못하는 꼴이 되어서 나는 할 수 없이 뒷자리로 자리를 옮겼다. 그렇게 출발한 지 20여 분 지났을 때였다. 부대장이 슬그머니 내 어깨 위로 팔을 올렸다.

"부대장님, 날씨도 더운데 이 팔 좀 내려 주십시오."

나는 정중하게 말하고 나서 내 손으로 부대장의 팔을 내렸다. 부대장은 약간 당황스러워하는 듯했으나 행동을 멈추지 않고 다시 팔을 올렸다.

"허허, 뭐 어때. 중대장이 대견스러워서 그러는 건데."

나는 두 번째 올라온 팔을 다시 내려놓으면서 이번엔 딱딱하게 말했다.

"손버릇이 좋지 않다는 소문을 들었는데 정말이시네요."

"뭐야!"

대번에 부대장의 얼굴이 굳어졌다.

"너 그게 무슨 말이야? 소문이 뭐 어째?"

나는 여자 선수들 사이에 부대장의 손버릇이 고약하다고 소문 나 있다는 얘기를 정색을 하고 말했다. 부대장은 노발대발 큰소리로 욕을 하기 시작했다. 이런 나쁜 것들, 딸 같은 아이들이라 격려하느라 그랬는데 그걸 그런 식으로 받아들이다니 정말 못된 것들 아니야……. 그런 말이 한참 계속되었다. 나는 그나마 운전을 하는 사병 때문에 조심스러운데 부대장은 운전병을 전혀 의식하지 않았다.

부대장의 흥분이 조금 가라앉은 다음에 내가 말했다.

"부대장님, 여자는 말이에요, 남자들이 접촉할 때 그게 어떤 뜻을 담은 접촉인지는 '필'로 그냥 알아요. 어린 여자애도 다 알게 돼 있어요. 부대장님이 정말 격려 차원에서 그랬다면 아이들 입에서 그런 말 안 나옵니다. 부대장님이 어떤 마음으로 그 아이들을 만졌는지는 스스로 잘 아시지 않습니까?"

"허허 참, 이거야 원……."

부대장은 그 이상 아무 말도 하지 못했다.

그 후로는 부대장의 손버릇이 완전히 없어졌다. 그 부대장이 사실 나쁜 사람은 아니었다. 성희롱을 하는 사람은 대개 인간성도 좋지 않은 경우가 많은데, 그 부대장은 나중에도 나하고 통화를 하며 "그때 내가 너한테 혼났지?" 하고 계면쩍게 말할 정도로 심성은 괜찮은 사람이었다.

사실은 그래서 더 문제라고 할 수 있다. 꼭 인간성이 고약해서 성희롱을 하는 게 아니라 남성들 대개가 그런 쪽으로는 너무 무심하고 자기중심적으로만 생각하기 때문이다. 여성이 느끼는 수치심과 모멸감에 대해서는 거의 무지하거나 아예 알려고도 하지 않는다. 그래서 자기 아내나 딸이 당했을 경우엔 누구보다 분노할 사람도 막상 다른 여성에게는 별 생각 없이 똑같은 행동을 하게 되는 것이다.

예전 조종사 시절에 신체검사를 받을 때였다.

남군 조종사들과 함께 서울 수도병원에 가서 각 방을 돌아다니다가 심전도 검사실에 이르렀다. 처음엔 무엇을 하는 곳인지 몰랐다. 남자 장교 두 명과 함께 들어갔더니 심전도 검사라면서 웃옷을 벗어야 한다고 했다. 검사하는 사람들도 여군이 들어오자 좀 당황했는지 남자 장교들을 내보냈다. 그러나 검사를 하는 건 여전히 남자 사병이었다.

아무리 검사라지만 여성이고 장교인데 남자 사병 앞에서 가슴을 드러 낸다는 게 꺼림칙했다. 그래도 티를 내고 싶지 않아 그대로 검사를 마쳤다.

검사를 마치고 나와 대기석에 앉아 있는데 내 뒤에 들어간 남군 조종사들이 사병들과 말을 나누는 소리가 들렸다. "가슴 어떻더냐? 커, 작아?" 그러면서 장교와 사병이 함께 낄낄거렸다. 나는 그제야 간호장교를 불러 달라지 않은 것을 후회했다. 여성이라는 티를 내지 않고 주어진 여건을 극복해야 한다고만 생각했던 게 어리석게 느껴졌다. 여성이 일일이 그런 걸 요구하면 까다롭고 유별나게 본다. 그런 문제는 사실 여성이 요구하기 전에 먼저 배려하는 풍토가 돼 있어야 한다.

사회에서는 몰라도 군에서는 그래야 한다는 게 내 생각이었다. 진정으로 용기 있고 자부심 강한 남성은 여성을 성적으로 존중한다. 양아치 같은 사내나 여자 가슴 이야기를 하면서 낄낄거리는 법이다. 여군이 여자 티를 내면서 약한 모습을 보이면 보호 본능이 작용하는지 그래도 도와주려고 한다. 그러나 단체의 질서를 깨뜨리지 않으려고 묵묵히 남군과 동일한 조건을 감수하는 여군에게는 오히려 함부로 행동을 한다.

나는 힘든 훈련을 받을 때면 붕대로 가슴을 칭칭 동여매곤 했다. 훈련 받는 데 불편하기도 했고, 괜히 남자들의 시선을 끌고 싶지도 않았다. 여군 중에는 간혹 머리를 아예 빡빡 미는 사람이 있는데 나와 비슷한 이유 때문일 것이다. 군대가 요구하는 남성적 임무를 위해 스스로 여성다움을 제거하는 것이다.

그런데 남군들은 여군이 유별나게 굴지 않고 남자와 똑같이 생활하기를 바라면서도 동시에 귀엽고 우아한 여성이기를 원한다. 그런 게 남성들의 일반적인 심리인지는 몰라도 나로서는 지금까지도 적응되지 않는 알다가도 모를 이중성이다.

실망과 좌절, 그리고 새로운 비상

군 생활이 8년차에 접어든 1987년에 나는 한 번 전역을 생각한 적이 있었다. 88사격단 중대장 직을 마친 얼마 후였다. 갑자기 전역을 마음먹게 된 직접적인 계기는 보직 문제 때문이었다.

군인 장교의 보직은 크게 지휘관과 참모로 나눌 수 있다. 지휘관은 일정한 병력의 직계 부하들을 지휘·통솔하는 위치이고, 참모는 직계 병력 없이 주로 사무실에 근무하며 작전이나 행정 등의 업무를 하는 직책이다. 이 중 어느 한쪽만 근무해서는 군대 업무를 속속들이 알 수가 없다. 그리고 진급을 제대로 하기 위해서도 지휘관과 참모 근무를 골고루 수행할 필요가 있다. 이런 건 정부 조직이나 일반 회사에서도 마찬가지일 것이다.

나는 조종사 근무 말고는 그동안 지휘관으로만 일해 왔기에 이번에는 참모를 해보고 싶었다. 참모 경험을 쌓아야 한다는 현실적 필요성 말고도 영내 생활을 해야 하는 지휘관 근무에 조금 지쳐 있기도 했다.

지금이야 많이 나아졌지만 당시에는 군대의 모든 시설이 열악했다. 목욕탕이나 창고를 개조한 지휘관 숙소는 환경이 부실하고 개인 생활도 보장이 안 되어 매우 불편했다. 당분간만이라도 영내 생활을 벗어나고 싶었다.

그런데 내 희망과 달리 다시 여군대대 중대장 직이 주어졌다. 또다시 지휘관 발령을 받자 순간적으로 군 생활에 회의가 느껴졌다. 사실 그 회의감은 단지 영내 근무 때문만이 아니라 그동안 누적되어 온 군에 대한 실망감이 한꺼번에 올라온 것이라 할 수 있었다.

처음 여군 사관후보생에 지원하여 학과 시험에 합격한 후 면접을 치를 때가 생각난다. 면접 복장은 규정상 정장에 스커트를 입어야 했는데 나는 스커트 정장이 없어서 그냥 바지를 입고 갔다. 면접장에는 중령급 이상의 고급 장교들 5명이 앉아 있었다. 그들은 바지를 입은 나를 보더니 왜 스커트를 안 입었느냐고 나무라고는 바지를 걷어 올려보라고 했다. 흉터가 있는지, 각선미는 어떤지를 보는 것이었다.

군 문화에 최초로 실망한 때가 아마 그때였을 것이다. 꼭 스커트를 입고 와야 한다고 지시할 때부터 의아했지만 군인을 뽑는다면서 왜 외모를 따지는가 하는 생각이 들었다.

면접 중에 왜 군인이 되려고 하느냐 하는 질문이 있었다. 나는 내가 가지고 있던 생각을 있는 그대로 말했다.

"제가 원래 동적인 성격이라 활동이 많은 군 생활에 적당할 것 같았고, 또 군대는 외모나 학벌, 남녀 차별 같은 것 없이 계급 아래에 평등할 거라는 게 마음에 들었습니다. 군인도 하나의 직업이라 보았을 때 제 성격과 적성에 가장 맞는 직업이라고 생각했습니다."

내 말이 끝나자마자 면접관 중 한 사람이 책상을 내려치며 큰소리로 호통을 했다.

"직업? 아니 군에 자원하는 사람이 무슨 국가관이나 애국관은 없고 여기가 뭐 취직자리 구하는 덴 줄 알아? 그런 정신 자세로 무슨 군인이 되겠다는 거야!"

나는 조금 당황했지만 주눅 들지 않고 또박또박 대답했다.

"지원 동기를 물으셔서 솔직히 말씀드렸을 뿐입니다. 그리고 죄송하지만 지금은 그런 말씀을 할 시기가 아니라고 생각합니다. 나중에 입대하고 나면 군인의 자세에 대해 그런 정신 교육을 하시면 되지 않겠습니까."

그때 질문을 한 면접관은 여군 훈련소장이었는데 내가 건방지게 보였는지 나중에 훈련 기간 내내 나를 힘들게 했다. 그리고 그는 훈련소 수료 후 내가 훈련소 중대장으로 부임하는 것도 반대했다.

입대 초기부터 그런 등등의 일들이 나를 실망시켰다. 솔직히 이십대 초반의 여성이 무슨 특별한 국가관을 가지고 있겠는가. "나라를 지켜야 한다는 사명감으로 지원했습니다" 하고 대답한다면 그것이 오히려 거짓이 아닐까. 그런데 당당한 자기 신념이 있는 사람을 격려해 주기보다는 무조건 위에서 원하는 것만 따르는 순응과 아부를 길러 주는 게 군대의 분위기다.

진급 하나에만 목숨 걸고 능란하게 처세하는 사람들, 부하를 통제

하고 부려먹는 것에서 쾌감을 느끼는 권력욕으로 가득한 사람들, 그런 군인들을 볼 때마다 전쟁이 나면 저 사람들은 어떻게 행동할까 궁금했다. 그런 사람들일수록 군인 정신을 강조하는데, 내 생각에 그들이 말하고자 하는 군인 정신은 '상명하복' 딱 그것 하나뿐이었다.

이런저런 실망이 많지만 그중에서도 가장 큰 것은 역시 여군 차별이다. 여기에 잠깐 어느 여군의 글 하나를 인용한다. 나와 함께 항공 교육을 받고 헬기 조종사가 되었지만 결국 군을 떠나고 만 후배가 전역 동기를 편지로 써 보냈는데, 그 글의 일부이다.

> 우연히 지하철 벽보에 붙어 있는 여군 모집 포스터를 보게 되었고, 내가 그리던 꿈이 그곳에서 펼쳐지리라는 예감이 들었다. 힘들었던 후보생. 이어지는 초등군사교육을 마치면서 어깨 위의 소위 계급장을 자랑스러워했다. 실추된 군의 위상, 남자들이 기피하는 군 이미지 개선에 조금이나마 도움이 되고, 사병들의 모범이 되는 것이야말로 전투력을 유지하고 사기를 올리는 일이 아닌가 생각하고 열심히 근무하였으며, 그러한 생각에는 지금도 변함이 없다.
> (……) 객관적인 평가를 받을 수 있는 교육 기관에서 여군들은 우수한 성적을 거둔다. 그러면 "여자들은 암기를 잘해" 하고 말한다. 또 "술 담배를 안 하니 당연히 권총 사격도 잘하지" 등등 끊임없이 "여자들은……"이라는 말을 사용하면서도 한편 남군과 똑같은 근무를 주장하고 부대 분위기 유도를 바라며, 모든 일에 적극적으로 참석하고 활동하는 슈퍼우먼이 되기를 요구한다.

한마디로 나는 지쳐 있었다. 그래서 전역 지원서를 냈고, 결국 얼마 후 전역심사위원회에서 전역 승인이 떨어졌다. 그러나 막상 전역 승인이 되고 나자 아쉬웠다. 힘든 일도 많았지만 보람과 긍지를 느낀 적도 얼마나 많았던가. 처음 입대할 때의 각오가 되살아나며 이런 식으로 중도하차 하면 두고두고 후회할 것 같다는 생각이 들었다.

결국 나는 다시 전역 취하를 신청했다. 군 규정에 따르면 전역 승인이 떨어져도 일정한 기간 내에는 취하를 요청할 수 있다. 그런데 내 상급자인 여군대장이 전역 취하서를 받아 주지 않았다. 아마도 그냥 나가 주기를 바라는 것 같았다.

서글펐다. 내 원칙과 신념대로 행동해 온 것이 인정되지 않고 그저 다루기 힘든 부하로만 인식돼 있다는 게 참 쓸쓸했다. 그것도 같은 여군의 입장에서 내 어려움을 전혀 나몰라하는 게 많이 서운했다.

어쨌거나 그렇게 노골적으로 나를 내보내려 하는데 가만있을 수는 없었다. 상급 지휘관이 취하서를 받아 주지 않으므로 내 힘으로 나를 구제하기 위해 여기저기 뛰어다녀야 했다. 결국 우여곡절 끝에 전역 지원이 취하되었다.

그때 전역을 했다면 내 인생은 어떻게 되었을까? 결혼도 하고 아이도 낳고 평범한 주부 생활을 하고 있을까? 어떤 식으로 흘러갔든 군생활은 한때의 색다른 '직장' 경험으로만 추억되고 있을 것이다. 지금처럼 내 인생의 전부가 되진 않았을 것이다. 군대가 취직자리 구하는 데냐고 호통 치던 분에게 당당할 수 있게 되었다는 점만으로도 그때 전역을 하지 않은 건 아무튼 다행스러운 일이다.

Part 2
......

여군, 꽃이 되고 싶지 않은 꽃들

화려한 비상과
화려한 추락

전역 갈등을 겪고 난 후 나는 여군단 내의 여군대대 지원과장으로 첫 참모 생활을 하게 되었다.

지원과장은 남군 일반 중대의 인사계 비슷한 직책으로 부대 운영 전반을 관리하는 자리다. 그런데 실제로 더 많이 신경 써야 할 일은 대대장을 보필하는 일이다. 당번하사가 식사나 잔심부름 등 대대장의 사소한 일과를 뒷바라지한다면, 지원과장은 업무와 관련하여 대대장의 부관 노릇을 한다.

솔직히 말해 일반 행정 참모라면 몰라도 부관 참모 역할은 내 성격에 맞지 않는다. 그냥 상관을 모시는 것하고 누군가의 수족 노릇을 해 주는 건 다르기 때문이다. 그래도 임무는 임무고 첫 참모 근무인 만큼 한번 잘해 보려고 했는데 대대장이 너무 마음에 들지 않았다.

그분은 아침에 출근하면 머리 감고 화장부터 하는 게 일이었다. 하급자들 앞에서는 가능하면 사복 입은 모습도 잘 보이려 하지 않는 나와는 아주 대조적이었다. 하지만 그건 여성으로서의 빛깔이 다른 것일 뿐 뭐라 할 일은 아니다. 나하고 그냥 다를 뿐인데 그걸 좋지 않다고 말하면 내가 잘못이다.

다만 공사가 불분명하고 하급자를 너무 깔보는 태도 때문에 존경심이 생기지 않았다. 대대장과 내가 처음 부딪친 건 대대 운영비 문제였다. 대대 운영비는 말 그대로 부대를 운영하는 경비다. 그런데 대대장은 그 돈을 공사 구분 없이 사적으로 이용했다. 전임 지원과장들은 그런 경우에 가짜 장부를 따로 만들어 경비 처리를 해왔던 모양이지만 나는 가짜 장부를 만들 수가 없었다.

어느 날 운영비 내역을 결재 받으러 들어갔다. 거기에는 식빵 천원, 과일 이천 원 하는 식으로 대대장이 사적으로 쓴 내역이 그대로 기록되어 있었다. 대대장은 나를 한번 노려보더니 "이거 지워!" 하고 말하면서 주머니에서 그 금액에 해당하는 돈을 별도로 꺼내 주었다. 그러고 나서 냉소적인 목소리로 말했다.

"흥, 내가 먹은 건 내가 내라 이거지?"

그날 이후로 대대장은 내가 하는 일마다 사사건건 트집을 잡았다. 참모급 장교들이 모이는 회의 때마다 '쫑코'를 듣지 않는 날이 없었다. 하지만 다행히 지원과장 근무는 몇 달 만에 끝났다.

1988년에 나는 1군사령부 예하의 여군대장으로 부임하였다. 당시 나의 계급은 대위였다. 이때까지 훈련소 동기 12명 중 군에 남아 있는 사람은 나까지 4명에 불과했는데, 두 명은 소령으로 진급했고 나와 다른 동기만 대위였다. 근무 연조로 보아 이때쯤엔 소령을 달아야 하는

데 나는 중간에 여군단을 떠나 항공단에서 조종사로 3년을 근무하느라 일반적인 진급 시기를 놓친 셈이었다.

아무리 특수병과인 여군이라 해도 여군대대장은 보통 소령은 되어야 받을 수 있는 보직이므로 이때의 발령은 파격까지는 아니라도 직책상으로는 아무튼 영전이랄 수 있었다. 계급은 아니지만 나의 근속 연수에는 맞는 자리였다. 때문에 내가 모시고 있던 대대장은 그 발령을 못마땅해 했는데 여군단장이 나를 적임자로 추천하였다.

1군사령부 여군대장으로 간다고 하자 몇몇 선배들이 조심스럽게 충고해 주는 말이 있었다. 군사령관이 여자를 밝힌다는 것이었다. 그리고 워낙 고집이 세고 권위적이어서 그 사람에게 한번 찍히면 견디기 힘들다고 했다. 내 성향을 익히 아니까 무슨 문제라도 생길까 봐 미리 조언해 준 것이었다.

여름이 막 시작되던 무렵에 여군대장 임무가 시작되었다. 신고를 할 때 보니 군사령관은 매우 호탕한 사람으로 보였다. 4성 장군이었던 당시의 군사령관은 나중에 합참의장까지 맡을 정도로 배경과 영향력이 막강한 군부의 실세였는데, 그런 당당한 자신감이 표정이나 몸동작 전체에 배어 있었다.

부임한 지 얼마 안 되어 군사령관의 호출을 받았다. 군사령관은 두 달 정도 남은 6·25 궐기대회에서 여군들도 무언가 시범을 보이라는 지시를 내렸다. 매년 6월 25일이 되면 새벽부터 비상이 걸리고 군사령관 참관 하에 전 병력이 모두 참가하는 기념행사가 열린다. 그 행사에서는 군인 정신을 고취하는 무술 시범이나 퍼레이드가 펼쳐지는데,

이번엔 여군도 무언가 보이라는 것이었다.

여군 부사관들은 사무실에서 행정을 보는 게 주업무여서 무술과는 사실 거리가 멀었다. 게다가 6월 25일까지는 두 달밖에 남지 않아 시간이 촉박했다. 하지만 훈련소에서 짧은 시간에 준비하여 태권도 시범을 잘 치른 경험도 있기에 나는 특공 무술 시범을 보이겠다고 대답했다. 당시는 진압 훈련용으로 특공 무술이 유행하면서 여군들도 그 얼마 전부터 특공 무술을 전수 받기 시작한 터였다.

나는 다음 날부터 매일 일과 후에 여군 부대원들을 이끌고 군사령부 연병장을 구보시키며 체력 단련에 들어갔다. 구보가 끝나면 내가 직접 특공 무술을 가르쳤다. 다행히 부대원들은 힘들어하면서도 훈련을 즐거워했다. 늘 사무실에서 타자 등의 행정 업무만 보다가 모처럼 군사령관 앞에서 시범을 보일 목적으로 다이내믹한 훈련을 하니까 새로운 기분이 나는 모양이었다.

여군대장으로 갓 부임한 나도 이 훈련을 통해 부대원들과 밀착된 호흡을 나눌 수 있어 좋았다. 서로 금방 친해지게 되었다. 어디든 처음 부임하면 지휘관과 기존 병력들 간에 먼저 기를 잡으려는 은근한 신경전도 벌이게 마련인데, 함께 땀 흘리며 훈련하는 과정을 통해 그런 불필요한 과정을 넘어설 수가 있었다.

마침내 6·25 기념행사 당일, 우리 부대원들은 군사령부 전 병력이 지켜보는 가운데 특공 무술 시범을 성공적으로 치러 냈다. 박수 소리가 대단했다. 더욱이 군사령관이 자신의 지시 사항을 스팟체크 하는 테스트에서도 우리 부대원들이 가장 우수한 성적을 거두었다. 군사령관은 매우 흡족해 했다. 식당에서 참모들과 식사를 하면서도 "거 여군 대장 대단한데. 생각했던 것보다 훌륭해" 하는 칭찬을 여러 번이나 했다고 들었다.

이것이 계기가 되어 나는 그해 7월에 소령으로 진급했다. 주변 돌아가는 사정을 알기 때문에 별로 기대하지 않았던 진급이었다.

진급은 무조건 연수만 채운다고 되는 게 아니라 일정한 수의 공석 안에서 상대 평가로 정하게 된다. 당시 여군 소령 공석은 한 자리뿐이었다. 원래는 두 자리가 가능했었다. 그런데 내가 직전에 모셨던 대대장을 비롯해 여군단 안에 나를 싫어하는 사람들이 나를 제외시키려고 한 자리만 만든 것을 나는 알고 있었다. 그러니 그 한 자리는 내가 아니라 다른 사람을 위한 자리였다.

그런 상황을 대강 알기에 거의 기대하지 않았는데 뜻밖에도 내가 진급이 된 것이다. 그것은 전적으로 군사령관의 덕분이었다. 진급자 명부에는 내 이름이 타자가 아닌 필기체로 써 있었다고 했다. 아마도 군사령관이 진급을 심사하는 자리에서 직접 내 이름을 불러준 게 아닌가 짐작된다. 지금이야 조금 달라졌지만 당시는 그렇게 장군 한 사람의 입김으로 진급이 좌우될 수 있었다.

조심하라는 조언을 들으며 만난 군사령관인데 시작은 그렇듯 나쁘지 않았다.

이 시절 특공 무술 시범 말고도 또 하나 기뻤던 일은 우리 여군대대가 '우수 부대' 표창을 받은 일이다. 여군단에서는 매년 여군창설기념일에 맞춰 여군 부대 전체를 대상으로 부대 측정을 실시한다. 군수사

1군 여군대장으로 재직할 때 우리 부대는 우수 부대로 선정되어 여군단 표창을 받았다. 부대의 명예를 높인 큰 경사였다. 1군 여군대장 생활은 이처럼 모든 것이 순조로웠다. (1989년, 1군 여군대장 시절 여군단장 부대 방문 때 부대원들과 함께. 맨 앞줄 오른쪽에서 두 번째가 나)

령부를 포함한 4개 군사령부의 여군대대를 포함하여 특전사 여군중대, 전투교 여군중대, 육군사관 내의 여군소대, 여군단 내의 2개 여군중대 등 10개의 모든 여군대대가 이 측정의 대상이 된다.

여군창설기념일이 9월이므로 측정 준비는 보통 6월부터 시작된다. 특정 과목은 여군의 주특기인 워드 사용을 비롯하여 사격과 특공 무술 등 3개 과목이다.

부대원들을 대상으로 한 측정이지만 이런 측정은 사실 지휘관 측정이라 볼 수 있다. 군에서는 모든 공과 허물이 결국엔 지휘관 한 사람에게 돌아가는 것이다. 따라서 이런 측정의 결과는 지휘관 진급을 하는 데에도 반영되게 마련이다. 때문에 지휘관들은 우수 부대로 선정되기 위하여, 최소한 낮은 평가는 받지 않기 위하여 노력을 한다.

어찌 됐건 측정을 받는 건 부대원들이다. 다행히 우리 부대원들은 1군사 여군대대원으로서 자긍심과 소속감을 갖고 측정 대비 훈련에 매우 열심히 따라주었다. 아니, 내가 지시하기 전에 알아서들 스스로 열심히 훈련에 임했다. 우리 여군대대는 이 측정에서 우수 부대로 선정되어 여군단의 표창을 받았다. 부상으로 받은 것은 커다란 벽시계 하나로 대단할 건 없지만 부대의 명예를 높인 큰 경사였다.

1군사 여군대대장 생활은 이처럼 모든 것이 순조로웠다. 그러나 1군사령관과의 인연은 역시 악연이었던 모양이다. 그 얼마 후부터 군사령관과 나의 관계는 급속도록 악화된다. 원스타 참모도 군사령관이 호통 한 번만 치면 벌벌 떨게 돼 있다. 그런 높은 분을 상대로 나는 일대 전쟁을 벌이기 시작했다.

4성 장군과의 악연

어느 날 밤 11시쯤 되었는데 영내 숙소로 전화가 왔다. 받아 보니 상사 계급으로 군사령관 공관을 관리하는 공관장이었다. 군사령관이 찾는다고 했다.

"이 밤중에요?"

"네, 지금 바로 오시랍니다."

"어디에 계신대요?"

"○○ 관광호텔 나이트클럽에 계십니다."

아니, 한밤중에 나이트클럽에서 나를 왜 찾는단 말인가. 이유를 물었더니 공관장은 지금 거기에서 기무부대장, 헌병대장, 감찰 참모 등이 함께 술을 마시다가 갔고 군사령관 혼자 계신다고 했다. 장소와 시간도 그렇거니와 술 취해 혼자 계시면서 날 부르는 게 말이 안 됐다.

"많이 취하셨으면 어서 모시고 가세요. 저는 10시만 되면 자기 때문에 갈 수가 없습니다."

내가 못 간다고 하자 공관장은 깜짝 놀랐다. 군사령관이 부르는데 어떻게 안 올 수가 있느냐는 것이었다. 전임해 올 때 들었던, 군사령관이 여자를 밝힌다는 이야기가 떠올랐다. 늘 이런 식으로 여군을 불렀다면 그런 소문이 날 만도 하다는 생각이 들었다. 나는 알았다고 하고는 그냥 전화를 끊었다. 그러고는 바로 잠들었다.

한 30분쯤 지났을까 다시 전화벨이 울렸다. 이번엔 군사령관이었다. 내가 안 가자 직접 전화를 건 것이다. 술이 많이 취한 목소리로 "야, 너 왜 안 오냐?" 하는 것이었다. 나는 알겠습니다, 하고 통화를 끝낸 후에 아예 전화 코드를 뽑아 버렸다. 아무리 군사령관이라도 그런 상황에 나갈 수는 없었다.

이튿날 아침이 되자 난리가 났다. 지난밤에 군사령관이 숙소로 번개통신을 때렸는데도 내가 응답을 안 했기 때문이었다. 번개통신을 하면 무조건 5분 내로 답신을 해야만 한다. 그런데 전화 코드를 뽑고 잤으니 연락할 방법이 없었던 것이다.

'이제 드디어 찍히기 시작하는구나……'

마음이 착잡했다.

아침 식사 후 보고할 서류를 가지고 군사령관실에 들어갔다. 군사령관실에는 감찰 참모도 와 있었다. 화를 낼 줄 알았던 군사령관은 뜻밖에도 감찰 참모를 상대로 웃으면서 이야기를 건넸다.

"허허, 이 친구가 말이야, 내가 어젯밤에 춤 솜씨 좀 구경하려고 불렀는데 안 오더구만."

그러더니 이번엔 나를 향해 말했다.

"그런데 너 안 오길 잘했다. 내가 어제 너무 많이 취했거든."

군사령관은 시종 기분 좋게 웃고 있었다. 나는 속으로 인도의 한숨을 내쉬었다.

'그래, 술이 너무 많이 취하셔서 그랬을 거야. 내가 처신 잘한 거야.'

그날은 그렇게 끝났다. 한바탕 욕먹을 각오를 하고 들어갔는데 홀가분한 마음으로 돌아설 수가 있었다.

그 일이 있고 나서 얼마 후였다. 역시 밤이었는데 여군 일직사관이 전화를 걸어와서는 군사령관이 어느 여군을 보내라고 명령했다면서 외출 승인 요청을 했다. 군사령관이 다른 사람들과 술을 마시면서 분위기를 띄울 여군을 보내라는 이야기였다.

나는 이미 여군 부사관들로부터 그런 이야기를 들은 바가 있었다. 군사령관이 툭하면 술자리에서 여군들을 불러낸다는 것이었다. 특정한 사람을 지명하는 적도 있고 그냥 몇 명만 보내라고 할 때도 있다. 그렇게 불러서는 옆에 앉혀 놓고 술시중을 들게 하면서 같이 블루스를 추거나 노래를 부르게 하는데, 접대부 노릇을 하는 것 같아서 정말 싫다는 것이었다. 게다가 올 때는 꼭 예쁜 사복을 입고 오게 한다는 이야기도 들었다.

"그 아이 아프다고 해."

막아 줄 사람은 나밖에 없다는 생각에 나는 일직사관에게 그렇게 지시했다. 외출을 승인하지 않은 것이다. 다행히 이때도 별 탈 없이 넘어갔다. 특정한 사람을 지명해 불렀는데 그 사람이 아파서 못 보낸 것이니 대놓고 명령 거부를 한 건 아닌 셈이었다.

그러고 나서 다시 얼마 후였다. 이번엔 밤이 아니고 대낮이었다. 공관장이 내게 전화를 걸어서는 군사령관의 명령이라면서 당번 요원과 의전과 부사관 등 몇 명을 보내 달라고 했다. 어디냐고 물었더니 공관이라고 했다. 군사령관이 골프를 치고 난 후 몇 분과 함께 낮술을 시작했다는 것이었다.

그날은 부사관들의 영내 휴무일이었다. 휴무이지만 영외로는 나갈 수 없는 날이다. 나는 영내 휴무일이므로 영외에 있는 공관으로 여군들을 보낼 수 없다고 거절하였다. 규정상으로야 맞는 말이지만 솔직히 군사령관의 지시를 거부하는 이유로는 너무 허약한 방패였다. 조금 더 그럴싸한 핑계가 있다면 좋았겠지만 당시엔 그 방법밖에 없었다.

그때부터 10분 간격으로 빨리 보내라는 전화가 왔다. 나중에는 원스타인 본부사령이 직접 전화를 걸어서는 마구 욕을 해댔다. 너 때문에 내가 죽는다, 당장 아이들 보내라 하는 말이었다. 더 이상은 나로서도 어쩔 수가 없었다. 나는 생각 끝에 여군 부사관들에게 전투복을 입도록 했다. 전투복을 입고 가면 아무래도 사복 차림과는 느낌이 다르니까 접대부 다루듯 하지는 못할 거라는 생각에서였다.

결국 그 일로 군사령관이 크게 화나고 말았다. 뜻밖에도 공관에 갔던 부사관들이 금방 다 부대로 돌아왔다. 전투복을 입은 그들이 들어서자마자 군사령관은 "왜 옷차림이 그러냐?"고 묻더니 여군대장이 전투복을 입고 가라고 했다는 말을 듣고는 대뜸 탁자에 있던 물컵을 던져 버렸다고 했다. "전부 가 버려!" 그렇게들 쫓겨 온 것이었다.

큰일 한번 치르겠구나 하는 생각이 들었다. 조바심 가득한 채 며칠

이 지났다. 아니나 다를까 며칠 지난 어느 날 군사령관이 나를 당장 불러오라고 했다는 연락이 왔다. 어느 부사관 하나가 군사령관에게 결례를 했다면서 내가 직접 와서 그 일을 해명하라는 지시였다. 올 것이 왔다는 생각이 들었다.

나는 우선 해당 부사관을 불러 무엇을 잘못했는지 알아보았다.

사건 경위는 이랬다. 그 부사관은 기무부대 소속이었다. 기무부대 요원은 남자나 여자나 사복을 입고 다닌다. 그리고 상급자를 보아도 거수경례를 붙이지 않고 그저 목례만 하는 게 습관이 돼 있다. 목례가 꼭 잘하는 건 아니지만 아무튼 그게 기무부대 소속 군인들의 관례였다. 그 여군 부사관도 버릇에 따라 목례를 했다는 것이고, 그것을 군사령관이 미처 보지 못한 듯하다는 게 부사관의 말이었다.

나는 부사관의 말을 토대로 경위서를 작성해서 군사령관실로 갔다. 내가 들어섰을 때 군사령관의 얼굴은 이미 노기로 가득 차 있었다. 분을 참지 못하고 씩씩거리는 표정이 완연했다. 부사관 때문이 아니라 나 때문이라는 것을 나는 직감적으로 알아차릴 수 있었다.

군사령관은 내가 책상 가까이 가서 보고하려고 하자 "그냥 거기 서서 해!" 하고 거칠게 소리쳤다. 전에 보여 주던 다정한 목소리는 전혀 없고 금방이라도 욕이 튀어나올 듯한 표정이었다. 나는 문 앞에 선 채로 준비해 온 경위서를 읽었다. "목례를 드렸는데 군사령관님께서 미처 못 보신 듯……." 내용이 거기에 이르렀을 때 군사령관의 호통이 날아왔다.

"뭐야! 못 봐? 내가 못 봤다고? 그러니까 그냥 내 잘못이다 이거야?"

군사령관은 호통을 치면서 책상 위에 놓인 사령관 명패를 냅다 집어던졌다. 다행히 몸에 맞지는 않았으나 명패는 쾅, 소리를 내며 문을 맞고 바닥에 떨어졌다. 나는 침착하게 군사령관을 마주 보았다. 그런 상황이 되면 더욱 차분해지는 게 나였다.

군사령관이 다시 소리를 질렀다.

"건방지게 어디서 대위 따위가 직접 보고하는 거야. 본부사령, 네가 보고해!"

진급이 결정되어 있었지만 그때까지는 아직 나의 계급이 대위였다. 매년 하반기에 진급 심사가 있고, 진급이 결정되면 다음 해 초에 계급장을 수여 받는다.

원스타인 본부사령은 옆에서 벌벌 떨다시피 긴장하고 있었다. 나는 경위서를 본부사령에게 건넸다. 본부사령이 조심스럽게 다시 읽었다. 경위 해명을 다 듣고 난 군사령관은 얼굴이 시뻘게지더니 당장 인사참모를 부르라고 했다. 인사참모가 득달같이 달려왔다.

"야, 이 여군대장 당장 보직 해임시켜. 부하를 그 따위로밖에 교육 못 시키는 지휘관은 필요 없어. 당장 여군단으로 보내."

느닷없는 지시여서 인사참모가 "네?" 하고 되묻자, "너 귀먹었어?" 하고 즉각 호통이 날아갔다.

인사참모는 나보고 자기 방으로 가 있으라고 지시했다. 인사참모 방에 갔더니 다른 참모들도 모두 모여 있었다. 군사령관이 노기탱천해 있자 무슨 일인가 놀라서 모인 것이었다. 사건 자체는 사소한 일이었기에 그들은 군사령관이 기무부대에 섭섭한 일이 있는 건가 하는 추측을 하고 있었다. 그러면서 나보고 내막을 아느냐고 물었다. 나는 모르겠다고 했다. 속으로는 그동안 여군들을 술자리에 보내지 않은 것이 마침내 폭발한 것이라는 짐작이 있었지만 그렇게 말할 수는 없고 해서 묵묵히 앉아 있었다.

1시간 정도 후에 인사참모가 돌아왔다. 인사참모는 겨우 군사령관을 설득했다면서 해임은 안 시키는 대신 한 달 동안 영내 대기가 떨어졌다고 했다. 그렇게 해서 숙소도 가지 못하고 영내에서만 근무하는 일종의 연금 상태에 들어갔다.

그런 일이 있은 지 한 달 가까이 지나서였다. 부대에서 무슨 행사인가로 바비큐 파티를 열었다. 사령관이 주관하는 자리여서 모든 고위직 간부가 참석하는데, 예상 밖으로 내 이름도 그 참석자 명단에 올랐다. 군사령관의 마음이 누그러졌다는 이야기다.

나는 잠시 생각한 후에 파티에 가지 않기로 마음먹었다. 표면적인 이유는 지시 받은 영내 대기 기간 한 달이 아직 안 되었다는 것이었다. 고지식한 이유였다. 누가 봐도 반항이라고밖에 해석하지 않을 거부였지만 어떻게 보든 상관없었다.

실제 이유는 물론 징계 기간 때문이 아니었다. 영내 대기를 명령한 지휘관이 파티에 참석하라고 했다면 징계가 풀린 것이나 다름없다. 그건 이유가 될 수 없었다. 나는 개인적인 감정에 따라 벌을 주었다가 풀어 주었다가 하는 것에 반발심이 있었다.

그리고 더 싫은 건 파티에 가서 군사령관의 격려를 들어야 하는 일이었다. 파티에 부른다는 건 마음이 어느 정도 풀어졌다는 이야기다.

내가 가면 군사령관은 적당히 위로와 격려의 말을 던지며 이제 다 용서한다는 식의 너그러운 태도를 보일 것이 분명했다. 그러면 나는 감사의 말과 함께 "지난번엔 죄송했습니다" 따위의 말도 해야만 할 것이었다. 마음에도 없이 그런 아부를 하기가 싫었다. 또한 내가 그렇게 처신한다면 앞으로 또 술자리에서 여군들을 부를 경우 군말 없이 보낼 수밖에 없을 것이다. 나는 차라리 계속 미움을 받는 게 낫다고 생각했다.

결국 나는 지시 불이행으로 부대 내 징계위원회에 회부되었다. 군임무가 아닌 비공식 파티이지만 영내에서 열리고 사령관이 직접 주관하는 자리였던 만큼 상급 지휘관의 지시를 불이행한 건 맞는 말이다. 그러나 징계에 회부될 만한 일은 당연히 아니었다. 그건 말하자면 괘씸죄였다.

그런데 바로 그 무렵에 군사령관이 합참의장으로 임명되었다. 그러자 참모들이 징계위원회에 회부하는 일을 유보시켰다. 합참의장으로 곧 떠나게 되었으니 군사령관도 내 일 정도는 잊어버리겠지 했던 것이다. 여군을 지휘하는 대대장의 임무만큼은 전혀 하자가 없었기에 참모들은 웬만하면 그냥 넘기고 싶어 했다. 그러나 군사령관은 떠날 날짜가 정해진 상태에서도 끝까지 나의 징계를 고집하였다. 결국 나는 징계위원회에 회부되었다. 판정 결과는 징계 무효였다.

그러나 무효 판정에도 불구하고 보직은 해임되었고, 나는 다시 여군단으로 돌아가야 했다. 미운털이 단단히 박힌 것이다. 그러나 여군 부대원들은 내가 자기들을 막아 주다가 그런 일을 당했다는 것을 알고 있었다. 내가 부대를 떠나는 날 부대원들이 얼마나 많이 울었는지 함께 이취임식을 하는 후임자에게 내가 공연히 미안했다.

숙소에서 이삿짐을 나르고 있는데 기무부대장이 식사나 함께 하자면서 나를 불렀다. 그 식사 자리에서 기무부대장은 옆에 있는 어항을 가리키며 이렇게 말했다.

"군사령관은 여기 이 어항 속의 붕어 같은 존재야. 우리는 다 보고 있어. 남들도 다 알아. 그러니 실망하지 말고 군 생활 열심히 해. 당신 같은 사람이 군에 있어야 해."

그러면서 기무부대장이 봉투 하나를 내밀었다. 전별금이었다. 다들 무서워하는 기무부대장에게서 거꾸로 전별금을 받아 보다니, 참으로 희한한 일이었다. 전별금보다는 역시 내 기분과 입장을 이해해 주는 그 마음이 고마웠다.

그렇게 여군단으로 쫓겨 갔지만 나의 수난은 거기서 끝이 아니었다. 군사령관에게 박힌 미운털은 여군단에까지 영향을 미쳐서 나는 그곳에서도 힘든 시간을 겪었다. 일개 대위가 별 네 개의 군사령관에게 맞선 대가를 톡톡히 치르게 되는 것이다.

수모의 소령 중대장

여군단으로 돌아오자 새로운 보직이 주어졌
다. 어이없게도 그것은 중대장 직이었다. 소령이고 여군대장까지 했던
사람을 중위나 대위 계급이 맞는 중대장을 맡긴 것이다. 그것도 여군
대대의 2개 중대 중 1중대장이 선임이라 할 수 있는데, 한참 후배가 1
중대장을 맡고 나는 2중대장이었다.

일반 회사에서도 부장까지 했던 사람에게 과장 직책을 주지는 않을
것이다. 그런 발령은 나가라는 이야기나 같다. 1군사령관의 입김이 여
군단에까지 영향을 미쳐 나를 몰아붙이고 있는 것이었다. 1군사령관이
야 그렇다 치고 나를 보호하고 지원해 주어야 할 여군단에서조차 나에
게 압력을 가하는 데 화가 났다. 여군들이 고위직 남군에게 당하는 성
희롱적 인격 무시를 누구보다 잘 알고 있을 사람들이 어찌 이럴 수 있
을까? 분노보다 슬픔이 앞선다는 말은 그럴 때 쓰는 말일 것이다.

여군 선배들의 처신이 이해되는 측면은 있었다. 나를 비롯해 1980

년대에 군에 온 여군들은 어느 정도 인권이나 민주 제도에 대한 기본 교육을 받은 세대였다. 그러나 우리 윗세대 여군들은 여성성에 대한 정체성이 정립되거나 학습되지 않은 세대이다.

가부장적 질서 속에서 자라난 그들은 남성들보다 더 남성적 가치관으로 무장해야 출세도 할 수 있고 살아남을 수 있는 시대를 거쳐 왔다. 때문에 그들로서는 감히 군사령관과 충돌한다는 건 생각지도 못했을 것이다. 나에게 동조하다가 공연히 군사령관에게 함께 찍히기라도 하면 어쩔 것인가.

그렇게 이해는 하지만 서운한 감정은 어쩔 수 없었다. 동조는 안 해주어도 심정적으로라도 함께 해주면 좋겠는데 다는 아니지만 적지 않은 사람들이 오히려 나를 적대했다. 내가 자신들의 신상에까지 피해를 주는 미운 오리처럼 여겼다.

하지만 그런 압력에 굴복할 내가 아니었다. 나는 자존심을 접고 중대장 보직을 받았다. 여군단과 또 그 밖에 내가 알 수 없는 윗선에서는 대대장을 통하여 내 일거수일투족을 감시했다. 사사건건 견제하고 힘들게 하려는 게 느껴졌다. 그러나 나는 내가 무너지면 누구도 이런 일을 대신할 수 없다는 생각에 묵묵히 중대장 임무에만 충실했다.

그렇게 감정을 죽이고 살았는데도 1년 정도 지난 어느 날 나는 다시 징계위원회에 회부되고 말았다. 사유는 명령 불복종이었다. 그 사유란 건 대강 이런 것들이었다.

대대장이 우리 중대에 연병장 잡초 뽑는 사역을 지시했다. 그런데 나는 그것을 실행하지 않았다. 명령을 무시해서가 아니었다. 그때는 연일 땡볕이 그치지 않던 한여름이었다. 앉아만 있어도 땀이 줄줄 흐르는 한낮에 여군 부사관들이 쪼그려 앉아 잡초나 뽑게 할 수는 없었다. 잡초 뽑는 게 당장 급한 일도 아니고 어차피 영내에 있는 아이들이므로 나는 일과는 일과대로 진행한 후 태양이 수그러든 저녁에 잡초 뽑기 사역을 시켰다. 그런데 대대장의 명령에 즉각 반응하지 않았다고 명령 불복종이라는 것이었다.

이런 일도 있다. 취사반에서는 부식으로 나온 반찬 중 고기나 달걀 등 좋은 것들은 일부를 따로 모아서 위로 보낸다. 관례적으로 해온 그런 일을 나는 하지 못하도록 했다. 부하들이 정량 식사를 하도록 관리하는 건 나의 임무였다. 부사관 아이들에게 지급된 부식을 왜 위로 보내야 하는가 말이다. 하지만 그 일 역시 명령 불복종 사유에 포함되었다.

1년 동안 나를 감시해 온 문서에는(우리 여군에서는 그런 것을 일명 '고추장 장부'라고 불렀다) 그런 몇 가지 사유가 상세하게 기록되어 있었다. 그런 게 문제되는 행동이라면 그때그때 지적하면 그만이다. 그런데 아무 말 없이 1년 동안 기록해 놓았다가 어느 날 갑자기 징계위원회에 회부시켰다. 어느 날 외박을 나갔다 오니 이미 징계 서류가 다 올라가서 출두 명령이 떨어져 있었다.

징계 결과는 근신 15일이었다. 억울하다기보다 어처구니가 없었다. 나는 한동안 생각한 끝에 항고하기로 마음먹었다. 근신 15일이야 아무것도 아니지만 이런 상황을 지켜보는 동료, 후배들에게 무력감을 남겨 주고 싶지 않았다. 이런 일이 반복되면 튀지 말고 좋은 게 좋은 대로 적당히 살아야 하는 풍토가 더욱 만연될 게 뻔하다. 부하들도 모두 부당하다는 걸 알고 있는 상황이므로 나는 그들의 마음을 응원으로 삼아 항고할 생각을 굳혔다.

군 생활을 돌아보면, 나는 여러 번이나 옷을 벗을 뻔했다. 그런데 다행히도 그때마다 나를 적극 지지해 주는 사람들이 있어 그 위기를 넘기고는 했다. 내 스타일을 싫어하는 사람들이 있는 반면 나를 인정하고 믿어 주는 사람들도 있는 것이다.

이때도 그랬다. 근신 중이던 어느 날 여군단 윗선의 육군본부 참모부에서 들어오라는 연락이 왔다. 나를 부른 건 얼마 전에 별을 달고 새로 육본 참모부에 부임한 분이었는데, 그분은 내가 전에 근무했던 88사격단의 단장을 지냈던 분이었다. 그분은 사격단에서 근무할 때부터 내 능력과 성향을 모두 알고 있는 분이었다.

그분이 나를 보더니 말했다.

"어떻게 된 거야? 너 완전히 옷 벗게 생겼더라. 인마, 이런 일이 있으면 날 찾아왔어야지."

우연히 나에 대한 징계 상황을 알게 되었다는 그분은 그동안 있었던 일을 상세히 들려주었다. 내가 그럴 사람이 아니라는 것을 알기에 그분은 근무처장에게 먼저 일이 어떻게 되었는지를 알아보았다고 했다. 그러자 근무처장은 내가 아주 못된 인간이라면서 쳐내야 한다고 말했다는 것이다.

그런 보고를 들은 그분은 근무처장을 추궁했다.

"못된 인간이라고 누가 그래?"

"여군단에서 다들 그렇게 말합니다. 소문난 꼴통이던가 본데요."

126

"그럼 여군단장 말만 믿고 징계 처리한 건가?"

"아니요, 대대장이나 주변 동료들도 하나같이 그렇게들 말합니다."

"그렇다면 이번엔 부하들에게 물어봐. 부하들이 상관을 제일 잘 아는 법이니까."

그분은 그렇게 나를 비호해 주고 나서 구체적으로 구제 준비를 시작했다고 했다. 또 하나 다행스러운 건 그 무렵 투스타 인사참모부장이 새로 부임해 왔는데 공교롭게도 그분 역시 내가 88사격단에 있을 때 체육부대장으로 모시고 있던 분으로서 나를 좋게 보고 있는 사람이었다. 두 분은 나를 구제해 주기 위해 측근 한 사람을 이미 항고심위위원장으로 정해 놓았다고 했다.

이런 이야기를 들려주고 난 후 그분은 나에게 당장 항고를 하라고 권유했다. 그러면 그 다음엔 자기들이 알아서 처리하겠다고 말했다. 마침 나도 항고할 생각을 갖고 있었으므로 그 권유를 사양할 까닭은 없었다. 얼마 후 징계에 대한 재심의가 있었다. 나는 무혐의 처분을 받아 징계가 풀렸다.

이 일은 그렇게만 끝나지 않았다. 내가 무혐의로 처리된 후 인사참모부에서는 징계건도 안 되는 것을 가지고 부하를 나쁘게 말하고 돌아다닌 내 상급자가 나쁜 사람이라면서 그녀를 오히려 조사하였다. 그러자 그녀의 여러 가지 비리가 밝혀졌다. 인사참모부에서는 그 비리를 문제 삼지 않는 대신 권고 전역을 권유하였고, 얼마 후 그녀는 전역 신청을 하여 군을 떠났다. 그녀가 떠나면서 온 사방에 내 욕을 얼마나 많이 했는지는 짐작할 수 있을 것이다.

이런 일들을 겪고 나자 군보다도 인간 자체에 대해 말할 수 없는 회의감이 들었다. 왜들 그렇게 아부하고 시기하면서 개인적인 출세 욕망에만 사로잡혀 사는지 안타까웠다. 무엇보다 내 자신이 갈수록 사방에 적을 많이 만들고 있다는 게 속상하기만 했다. 나인들 싸우고 싶겠는가. 그런데도 내 신념을 지키려 하다 보면 자꾸 난처한 상황에 휘말리곤 했다. 군 업무보다 인간관계가 더 나를 고단하게 했다.

그런 회의감에만 빠져 있었다면 나 역시 그 무렵에 군을 떠났을지 모른다. 그러나 나는 한 번 전역을 갈등해 본 이후로는 다시는 그런 생각을 하지 않았다. 군대를 내 인생이요 운명으로 받아들였다. 그랬으므로 내가 할 일은 묵묵히 최선을 다하는 것뿐이었다.

다행이라면 세상엔 역시 좋은 사람들 또한 많다는 것이다. 직접 도움을 받진 않더라도 좋은 군인들이 곳곳에 있다는 것을 아는 것만으로도 다른 부조리한 것들을 이겨 낼 수 있었다. 악화가 양화를 구축한다고 했던가. 사람은 역시 나쁜 사람, 나쁜 일들에 더 쉽게 영향을 받기는 하지만, 좋은 사람은 소리 없이 오래오래 좋은 영향을 남긴다.

군 생활을 하면서 사람이 얼마나 약하고 치사한가에 많이 실망하긴 했지만, 동시에 인간의 의지가 얼마나 굳건하고 인간의 정신이 얼마나 아름다울 수 있는가 하는 걸 새삼 느끼게 해준 곳도 군이었다.

40년 만에 사라진
여군 특수병과

1989년, 그때까지 독립부대로 운영되던 여군단이 해체되었다. 여군 장교 인사 제도가 개선되면서 육군본부 인사 참모부 여군처로 배속되어 지휘 계통이 아닌 정책적인 참모 부서로 전환된 것이다. 어떻게 보면 감격적인 일이었다.

여군들만의 독립병과가 해체되었는데 감격이라니? 거기엔 그럴 만한 이유가 있다.

여기서 잠깐 우리나라 여군의 역사를 살펴봐야겠다. 아마도 일반인들은 여군의 역사에 대해서는 잘 알지 못할 것이다.

우리나라 여군의 모체는 1949년 7월 30일 임관한 '여자배속장교' 제1기 32명이다. 광복 후 사회 혼란이 갈수록 극심해지자 정부는 중등교 이상 학교에서 학도호국단을 조직하여 학생 간부들에게 군사 훈련을 실시했다. 이때 교관 요원으로 활동하던 여군이 여자배속장교이다.

그러나 진정한 의미의 여군은 6·25 전쟁 중인 1950년 9월 6일에 임시 수도였던 부산에서 창설되었다. 전시에 '여자의용군교육대'라는 이름으로 여군 훈련소가 만들어졌는데, 이것이 우리나라 여군의 시작이다.

처음에는 과연 여자가 군에 자원을 할까 의문이었다. 평시도 아닌 전시에, 그것도 여자가 군문에 들어선다는 것은 보통 용기가 필요한 것이 아닐 것이다. 하지만 500여 명을 뽑는데 여자배속장교들을 주축으로 무려 3천 명이 넘는 자원자들이 몰려들었다고 한다. 나라를 지키는 데 남녀 구분이 있을 수 없음을 보여 준 것이다. 그렇게 해서 우리나라 역사상 처음으로 여군이 등장하였다.

전시에 활동한 여자 의용군들은 전방 사단에 배치되어 정보 수집, 수색 활동, 선무 활동 등 실전에 참가하여 눈부신 활약을 했다. 또 후방 지역에서는 일반 행정 요원으로 군가 보급, 후생 및 유골 안치, 환자 간호, 군악 및 예술대를 편성하여 병원 및 일선 부대를 순회하며 장병들의 사기 앙양에 많은 기여를 했다.

여자의용군교육대는 그 후 1년여 뒤인 1951년 11월 해체한다. 전쟁이 소강상태에 접어들자 여군의 역할이 줄어든 것이 그 이유였다. 그리고 해체와 동시에 육군본부 고급 부관실 내에 여군과를 설치하여 각국 감실 및 부대에 배속된 여군의 인사 행정 업무를 담당하게 하였다. 이후 1952년부터는 타자 기술을 도입하여 행정 업무를 지원하는 병과로서 속기, 타자, 텔레타이프 및 통신 등의 분야에서 여성 기능 인력 양성에 역점을 두었다. 이는 군뿐만 아니라 사회의 여성 기능 인력 향상에도 큰 역할을 했다.

여군은 전쟁 직후인 1953년 8월 22일 여군 간부 후보생 1기 13명이 임관함으로써 재창설되었다. 그리고 육군본부 기구 개편에 따라 1954년 2월 여군부로 승격 개편하여, 국군증강 기본계획에 따라 모병과 교육을 실시하였다.

1955년에는 여군만의 독자적인 교육 기관으로 여군 훈련소가 서울 서빙고에 재창설되어 여군 교육의 초석을 다지며 정예 여군 육성의 근간을 이루었고, 1959년 1월 여군처로 개편되어 변화를 거듭하며 각군 사령부 및 관구 사령부, 예하 기지창에 이르기까지 여군을 운영했다. 1970년 12월 1일 여군 훈련소와 여군대대를 예속부대로 한 여군단으로 승격 개편되었다.

우리나라 여군은 그동안 군의 활동에 많은 기여를 했다. 여군은 군의 과학화와 전문화 추세에 맞추어 전산, 심리전 방송, 항공관제, 헌병 분야, 체육 선수 양성 등 육군의 행정 업무와 전투력 증강에 일익을 담당하였을 뿐만 아니라 전역 후 기능 인력으로 사회에 나가 여성의 지위 향상과 국가 발전에 큰 공헌을 하였다.

여군은 현재 각 군 사관학교에서 여성 수석 임관자들이 나오는 등 뛰어난 여성 인력들을 많이 배출하고 있다. 그러나 우리나라 여군은 남성 중심의 군 문화에서 소외되는 경향이 있다. 과거에 비해 양적으로나 질적으로나 발전을 거듭하였지만 아직도 막강한 남성 파워 속에서 남성의 보조 역할을 하는 수준에 머물러 있는 것이다.

현재 전체 장교와 부사관 중 여성이 차지하는 비율은 3퍼센트가 채 되지 않는다. 반세기가 넘는 역사를 가진 우리나라 여군의 계급 구조

1949년 7월 30일 '여자배속장교' 제1기 32명으로 출발한 여군은 40년 만인 1989년 해체
되었다. 어찌 보면 감격적인 일이지만 나는 아쉬운 점이 더 많다고 생각한다. (여군단 해단
식을 마치고 부대원들과 함께. 왼쪽에서 세 번째가 나)

가 이처럼 취약하다는 것은 그동안 여군의 위치가 어떠했는지를 단적으로 보여 준다.

여군단 해체는 여군의 지휘 체계가 바뀜에 따라 여군단의 필요성 문제가 불거진 것이 주된 이유였다. 여군단이라는 독립병과가 아니어도 보직과 임무, 진급 등 업무가 이루어지는데 굳이 독립부대로 남아 있을 필요가 없다는 것이었다.

따라서 여군단의 해체는 발전적인 개편이라는 명목이었다. 군도 이제는 남녀가 함께 동등하게 가야 한다는 것이다. 그래서 부대도 여군이라는 틀에 한정하지 말고 각 부대로 분산 배치하여 전체 군의 발전을 이룬다는 것이었다. 분명 필요한 변화였다. 병과가 따로 없이 여군 특수병과라는 큰 틀에 한꺼번에 묶여 있으므로 여군들은 군의 다양한 업무를 배울 기회가 없었고 남군과 동등한 경쟁을 할 수 없었다.

한마디로 여군병과가 해체된다는 건 여군도 이제는 남군과 동일하게 각종 병과 보직을 받을 수 있다는 이야기다. 그러므로 여군병과 해체는 대다수의 여군이 바라던 바였다. 그러나 여군병과가 해체되었지만 기대만큼 여군에 대한 발전은 없었다. 조직과 체계의 변화만 있을 뿐 여군의 활동 영역은 여전히 한정된 상태이다. 현재로서는 시간에 맡겨 둘 수밖에 없는 문제인 듯하다.

여군은 초콜릿을
좋아하지 않는다

여군단 해체 당시 나는 여군단에서 소령으로 기획참모 직을 수행하고 있었다. 이때 나는 군 지휘부의 인식에 다시 한 번 실망해야만 했다.

여군단 해체를 얼마 남겨 두지 않은 어느 날이다. 육군본부의 인사참모가 여군단의 주요 간부들을 소집하여 간담회를 하면서 여군병과 해체 후 여군들이 가져야 할 자세에 대하여 몇 마디 언급을 했다.

"앞으로는 치마폭이나 눈물에 기대지 말고 초콜릿을 원하지도 말라."

한마디로 자신을 여자로 생각하지 말라는 것이 주 내용이었다. 이어서 인사참모는 이제는 여군도 병과를 부여 받으므로 각자 자기 자리에서 능력을 발휘하는 자만이 살아남는다고 강조했다. 인사참모가 마지막으로 덧붙였다.

"자신이 여자라는 것을 잊고, 절대 여자로서의 특혜에 기대지 말라."

나는 그 말을 듣는 순간 화가 치밀어 올랐다. 당시 여군단장은 화통한 분이었는데 인사참모의 말이 끝나자 그냥 허허, 하고 어색하게 웃기만 했다. 여군단장도 기분이 좋지 않은 모양이었다. 나는 생각했다.

군은 과연 우리 여군들에게 무엇을 바라는가?

능력인가, 치마인가?

나는 우리 여군의 능력을 높이 평가하는 사람이다. 실제로 많은 여군들이 남성 못지않은 능력을 다방면에서 발휘하고 있다. 그러나 일부 지휘관은 우리 여군들에게 '능력'보다는 군이라는 남성 문화에 부드러운 역할을 해주는 '치마'로서의 여성을 원한다. 여군의 능력보다는 여성의 능력을 원하는 경우가 사실은 더 많았다. 스스로 치마폭과 눈물과 초콜릿에만 감싸여 있기를 원하는 여군은 별로 없다. 아니, 그런 여성은 처음부터 군에 지원하지 않는다.

우리 여군은 단지 여자라는 이유로 그 어떤 특권을 요구하지는 않는다. 군에 들어와 나라에 충성을 다하고 저마다 자신의 능력을 발휘하여 멋진 군인이 되고 싶을 뿐이다. 우리는 결코 '치마'를 내세우려고 들어온 것이 아니다. 그러나 현실은 우리 여군들에게 '치마'를 강요한다. 그럴 때마다 나는 군이 여군들에게 어떤 능력을 요구하는지 강한 회의감이 들었다.

그날 나는 치밀어 오르는 화를 다스리지 못하고 기어코 쓴소리를 내뱉고 말았다.

"저도 한 말씀 드리겠습니다. 저는 군 지휘부가 먼저 우리 여군에게 여성의 능력을 강요하지 말고 진정한 능력을 요구해야 한다고 봅니다. 지금 하신 말씀은 사실 군에 처음 들어오면서부터 듣던 말입니다. 그러나 말은 늘 그렇지만 실제로 보면 군인으로서의 능력보다는 여성의 모습을 원하는 경우가 더 많습니다. 새삼스럽게 능력이 없으면 살아남지 못한다는 말을 할 건 아니라는 거지요. 우리 여군들은 모두 탁월한 능력을 갖추고 있기 때문에 진정 능력을 원한다면 보여 줄 수 있습니다."

동석을 하였던 여군단장은 입장이 난처했는지 내가 말하는 동안 옆구리를 쿡쿡 찔렀다. 그러나 할 말은 해야 했다. 그것이 내가 우리 여군과 후배들에게 해줄 수 있는 것이었다. 나의 한마디가 지휘관들의 의식을 전부 바꿔 놓지는 못해도, 그것이 내가 해야 할 일이라고 생각했다.

물끄러미 내 말을 듣고 난 인사참모가 마지막으로 말했다.

"아무튼 이제는 여군도 능력으로만 평가될 겁니다. 여군병과가 없으므로 이제부터는 군인만 있지 여군은 없습니다."

그거야말로 내가 하고 싶은 말이었다. 군에서의 성(性) 구별은 무의미하다. 그러나 군은 남성만의 조직이라는 고정관념이 지배하고 있다. 그래서 여군의 능력을 애초부터 다르게 보고 있다. 여군은 지휘에 적합하지 않고, 활동력이 약하고, 감정에 지배 당하기 쉽다는 것이다.

그것이 여성 일반에 대해서는 어느 정도 맞는 말일지 몰라도 최소한 군에 지원한 여성들은 다르다는 게 내 생각이다. 그들은 군이 남성적인 세계라는 걸 알고 있으면서 들어온 사람들이다. 그 안에서 같이 일하고 같이 경쟁할 자신이 있기에 들어온 것이다.

신체적·정서적으로 분명 여성은 남성과 다르다. 때문에 여성의 단점이 있다면 여성의 장점도 있다. 현대전은 백병전이 아니라 첨단 기술을 운용하는 정보와 통신 전쟁이다. 그런 면에서 섬세한 분석과 치밀한 판단력을 갖춘 군인을 육성해야 하는데, 여군이야말로 그러한 인재가 아닐 수 없다.

그렇지만 군은 여전히 여군을 이질적인 집단으로 여기면서 여군을 제한된 직위에 묶어 두고 있다. 구조적으로, 관습적으로, 그리고 묘한 질시의 눈으로 여군의 발전과 고위직 진출을 가로막고 있다.

우리 여군들이 바라는 것은 하나다. 남과 여를 차별도, 나누지도 말아 달라는 것이다. 사회에서는 이미 남녀의 경계가 허물어지고 있는데 군이라는 특수 집단이기 때문에 아직도 여성이 군에 적합하지 않다고 보는 것은 안타까움을 넘어 슬픈 현실이다. 그러면서도 군은 '금녀의 벽'은 없다고 대외적으로 홍보하고 있다. 그러나 군의 여성에 대한 벽은 아직도 높고 견고하기만 하다.

나는 여군의 능력을 누구보다 믿고, 또 여군이라는 자원을 보배처럼 생각하며 자랑스러워한다. 세계적으로 여군의 지위와 위치가 상승하고 있는데 우리 군은 아직도 과거의 남성 지배 구조에 머물러 있다.

여군은 꽃이 아니다. 우리 여군은 나라를 위해 여성만이 가진 섬세한 능력을 발휘하기 위해 자원하였고, 또 그런 마음으로 복무하고 있다.

다시 우뚝 서 본다

"**신**고합니다! 소령 피우진은 1991년 3월 4
일부로 육군본부로부터 육군항공학교 학술학처 교관으로 전입 및 보
직을 명 받았습니다."

여군단 해체와 함께 나는 다시 항공병과로 돌아갔다. 여군 특수병
과에 속했던 여군들은 병과를 다시 받으면서 대부분 보병으로 전과되
었다. 그러나 비공식 파견 요원의 형식으로나마 이미 항공병과로 조종
사 임무까지 수행했던 나는 자연스럽게 항공병과를 택하게 되었다.

내 나이 서른여덟. 마흔을 앞둔 나이에 7년의 공백을 깨고 다시 조
종사를 시작한다는 것은 말처럼 쉽지 않은 일이었다. 항공병과에 재도
전하는 나를 바라보는 시각은 모두 부정적이었다. 특히 항공병과 동료
들은 내 실력에 대해서 의심을 하면서 경쟁자로서 노골적인 적대감을
드러내기도 했다. 그 적대감이 얼마나 깊은지 처음에는 보직조차 제대
로 주지 않았다. 그것이 항공병과로 복귀하는 나를 향한 그들의 환영

1991년 육군항공학교 교관 시절 '7만 시간 무사고 탑'을 올린 뒤 항공학교장을 비롯한 동료 지휘관들과 함께.(앞줄 오른쪽 두 번째가 나)

인사였다.

그러나 나는 용감하게 다시 시작했다. 나는 내 앞에 주어진 현실을 깨기 위해 오로지 실력으로 승부하자고 마음먹었다. 동료들은 그런 나에게 '오뚝이'라는 별명을 붙여 주었다. 그리고 죽지 않는 불사조인 피닉스로 통했다. 그것은 동료들이 내게 준 닉네임이자 호출 부호였다.

여군처에서 마지막 보직인 운영장교를 마치고 항공병과로 전과한 것은 1990년이었다. 그리고 이듬해 조치원에 있는 육군항공학교 참모학 교관으로 발령 받았다. 계급도 높고 비행 경험도 많아서 교관 보직을 받은 것이다.

육군항공학교는 시설이 무척 낙후한 상태였다. 1950년대부터 있던 시설을 그대로 사용하고 있으니 당연했다. 분위기는 을씨년스럽고, 화장실도 비닐 문풍지가 바람에 펄럭일 정도로 낡은 재래식이었다. 그러나 열악한 환경은 아무 문제도 되지 않았다. 내가 싸워야 할 것은 외로움이었다.

항공학교에 간 며칠 후 갑자기 이념 전담반 교육을 받았다. 국방정신교육원에서 4주간 정신 교육을 받아서 실제 근무는 한 달 후부터 시작되었다. 내가 발령 받은 곳은 조종사를 양성하는 비행학처였다. 나는 거기에서 우선 그동안 녹슨 조종 기술을 익히는 훈련부터 시작했다. 오전에는 1시간 동안 비행 훈련, 오후에는 3시간 항법 훈련을 하는 식이었다. 서서히 예전 감각이 되살아나면서 비행의 맛도 즐길 수 있게 되었다.

본격적으로 하드 트레이닝이 시작되었다. 우리 훈련은 주로 여러 가지 상황에서 대처해야 할 조종술과 비상 착륙 훈련이었다. 교관 조종사는 비상시에 어떻게 대처하는가 하는 훈련을 시켜야 하기 때문에 처음엔 그 훈련이 가장 많았다.

전투기는 엔진이 아웃되면 자동 장치로 좌석과 분리되며 낙하산을 착용한 채 조종사가 탈출한다. 그러나 헬기는 낙하산 분리가 되지 않으므로 비행기와 함께 떨어질 수밖에 없다. 오토 로테이션(엔진이 꺼진 상태에서 로터 힘에 의해 자동 활공이 되는 상태) 중에 최대한 빨리 안전한 장소에 착륙해야만 한다. 그래서 엔진이 꺼졌다고 가상하고 활공 거리를 계산하여 근처 가장 적당한 개활지에 착륙하는 훈련을 한다. 이런 훈련은 비상사태를 가정하고 급박하게 진행되기에 훈련 중에 다칠 위험도 많다. 그래서 나를 교육시키는 선임 교관 조종사도 훈련 때마다 나 이상으로 긴장하곤 했었다.

교관 조종사가 되기 위하여 그 다음으로 중요한 건 계기 비행을 하는 일이다. 헬기는 보통 구름 아래에서 시각 비행으로 다니지만 비가 오는 경우나 혹은 어쩔 수 없이 구름 속으로 들어가게 될 때는 계기판을 보고 조종해야 한다. 그래서 계기 비행술은 조종사 면허를 받기 위해서는 필수적으로 이수해야 하는 훈련이다.

이런 실기 훈련을 받은 다음 교관으로서의 자격 평가를 받고, 무난히 통과했다. 그러나 더 중요한 과정이 남아 있었다. 강의 준비였다. 이제까지 남에게 배우기만 했지 지휘관으로서 정신 교육을 한 것 말고는 남 앞에서 가르쳐 본 적이 없었다. 아니, 입대 전 교사로 학생을 가르치기는 했다. 그러나 성년 군인들에게 구체적인 조종 이론을 교육한다고 생각하니 훨씬 긴장되었다.

더욱이 나는 의지할 선배도 동료도 없었다. 남자들 사이에 홍일점인 나는 모든 것을 혼자서 다 소화해야만 했다. 과목 연구는 물론 강의 진행까지 혼자서 했다. 나는 매일 밤늦도록 연구를 거듭하며 거울을 보면서 마치 배우가 되어 대사 연습을 하듯이 강의 진행 연습을 했다. 누군가 함께 할 동료가 있으면 얼마나 좋을까, 이런 생각이 수도 없이 들었지만 그때마다 스스로를 더 채근하는 수밖에는 없었다.

훈련소에서 애송하던 이은상 님의 시 〈다시 우뚝 서 본다〉를 이때도 자주 읊조렸다.

다시 우뚝 서 본다
— 이은상

풍우야 치나마나 어둠 속 헤치면서
가시밭 조약돌길 또 한 고개 넘었길래
벅찬 숨 한번 내쉬고
다시 우뚝 서 본다
이 먼 길 언제 가리
바재고 허둥대고
눈앞에 천산만수 눈얼음 쌓였어도
높은 제 낭떠러지에
다시 우뚝 서 본다

아무리 지치단들 피야 어이 식을라고

뒹굴어 상처 나도

털고 다시 일어나서

돋는 해 가슴에 안고

다시 우뚝 서 본다

산악인이기도 했던 노산 이은상 선생의 시는 내가 힘들 때마다 따뜻한 위안을 주었다. 고독한 투쟁이라는 생각이 들 때마다 나는 그의 시처럼 다시 우뚝 서기 위해 마음을 다잡고 스스로 전열을 가다듬었다.

두 달 후에 기존 교관들 앞에서 연구 강의를 했다. 강의를 하면서 내내 교관들의 표정에 신경이 쓰였는데, 끝나고 나자 모두 박수를 쳐주었다. 강의 자격 합격이었다. 그리고 그 다음 주에는 4시간짜리 실제 강의에 들어갔다. 첫 강의를 하고 난 날은 하루 종일 가슴이 뿌듯했다.

군은 민간보다 최첨단 장비들을 먼저 도입한다. 그 대표적인 것이 시뮬레이션 훈련 프로그램이다. 실전을 통해 훈련할 기회가 없어 전투 시 위험한 상황을 피부로 느끼게끔 하는 훈련으로, 많은 첨단 장비들이 동원된다. 그래서 시뮬레이션 훈련은 최고의 테크닉을 요구한다. 나는 이 훈련을 개발하고 가르치는 교관으로 투입되었다. 나를 투입한 배경은 여성의 섬세함을 갖추고 있었기 때문이었다. 난이도가 높고 정교한 비행 훈련을 다른 사람보다 더 잘했기 때문에 교관으로 발탁된 것이다.

시뮬레이션 훈련은 고도의 훈련 과정을 거친다. 그리고 한층 더 철

우리나라 최초의 여군 훈련소 연대장 고(故) 엄옥순 대령과 함께. 계룡대 정문에서 유성 리베라 호텔 앞까지 20여 킬로미터 마라톤 완주를 마치고. (1994년)

저하고 면밀한 테크닉을 필요로 한다. 그렇기 때문에 교관은 실제 항공 조종 훈련에서의 면모와 잠재 역량이 높은 요원들을 주로 선발한다.

나는 이 과정에서 6개월 동안 조종술과 비상 착륙 훈련 등 하드 트레이닝을 거치며 기본 교육부터 계기학 교관까지 일사천리로 교육을 받았다. 그리고 마침내 교관이 되어서 800시간이라는 비행 기록을 세웠다. 그때 나에게서 배운 제자들은 지금 중견 조종사가 되어 우리의 하늘을 듬직하게 누비고 있다. 지금도 나는 가끔 서울 하늘을 나는 UH60을 쳐다보며, "으흠, 지금 누가 조종하고 있겠군" 하고 그때 생각을 떠올리고는 한다.

이 무렵에 나는 여군 조종사이자 항공학교의 유일한 여군 교관으로 여군 홍보 영화에 출연하기도 했다. 실습장에 있다가 교무처로부터 갑자기 연락을 받고 달려가서는 종일 비를 맞으며 촬영했던 기억이 생생하다.

나는 이곳 육군항공학교에서 1993년 잠시 육군대학에 입교했을 때를 제외하고 4년 동안 재직하였다. 한 가지 보직으로는 가장 오래 근무한 셈이었다. 유일한 여성 교관으로 괄시와 견제도 많이 받았지만 그만큼 자긍심을 느꼈던 시절이기도 하다.

항공학교의
우울한 기억들

항공학교에서도 썩 유쾌하지 않은 경험이
몇 번 있었다.

교관 교육 중 계기학은 주로 오산과 평택에 있는 미군 부대에서 실
시되었다. 교육은 보통 한두 명의 교관들과 함께 받는다. 당시 비행시
간은 2시간이어서 오전 교육을 마치고 나면 바로 점심시간이었다. 그
런데 점심 식사 후에 남자 교관들이 꼭 가는 곳이 있었다. 미군 부대이
다 보니 한국군 부대에서는 볼 수 없는 슬롯머신이 설치돼 있었다. 교
관들은 너나없이 이 슬롯머신에 정신이 빠져 있었다. 교육을 받으러
온 것인지 오락을 즐기러 온 것인지 분간이 안 갈 정도였다.

교관들뿐만이 아니었다. 학생들도 마찬가지였다. 교관이 즐기는데
학생들이야 오죽할까. 그들의 점심시간은 오락을 즐기는 시간이었다.
그것도 정도가 심한 나머지 비행 훈련까지 늦추거나 아예 훈련을 취소
시키는 경우도 있었다.

참으로 어처구니가 없었다. 우리 부대도 아니고 미군 부대에서, 그것도 교육생들이 훈련은 받지 않고 나라 망신만 시키고 있는 꼴이었다. 관제사들의 도움을 받아야 하는 교육 특성상 어떤 이들은 담당 미군 관제사에게 인삼차를 선물하면서까지 훈련을 부탁하는데, 교관이라는 사람들이 훈련은 받지 않고 도박성 게임이나 즐기고 있으니 한심하기 짝이 없었다.

내가 몇 번 정색을 하고 만류했지만 아무도 귀담아 듣지 않았다. 오히려 나에게도 한번 해보라고 권했다. 나는 기계 근처도 가지 않았다. 사행성 오락이라 싫은 것보다 타 부대에 교육하러 와서 엉뚱한 데에 빠져 있는 것이 보기 싫었다.

오락 때문에 훈련마저 몇 차례 차질이 생기자 결국 이 파친코가 문제되었다. 그래서 나중에는 비행학처장이 직접 교육을 담당하였다. 그러자 남자 교관들은 밀고자로 나를 지목하고 아예 왕따를 시켰다. 내가 그들을 비판하고 함께 어울리지 않았다는 이유로 나를 고발자로 본 것이었다. 잘못은 반성하지 않고 오히려 집단으로 나를 따돌리는 그들의 작태가 나는 한심하다 못해 우습기까지 했다.

이런 일도 있었다. 영관급 장교를 대상으로 한 군인 아파트로 이사를 갔는데, 2층에 배정을 해주었다. 2~3층이 로열층인 5층 건물이었다. 그런데 이사를 한 후 한 달이 지났을 때 갑자기 나보다 높은 상급자가 온다며 옆 동 4층으로 옮기라는 것이었다. 처음부터 그런 것은 고려하지 않고 방을 배정한 것에 대하여 내심 불쾌했지만, 나는 군말 없이 옮겨 주었다. 그런데 또 한 달 만에 다시 5층으로 옮기라는 것이었다. 이유는 역시 상급자가 왔다는 것이었다.

나는 화가 나서 따져 물었다. 그런 것도 고려하지 않고 한 달에 한 번씩 방을 옮기라는 것이 어디 있느냐, 오는 순서대로 합리적으로 하면 되지 않느냐며 버틴 것이다. 그러자 담당자는 가족들이 불편해 하니 옮겨 달라고 사정을 하며 나를 설득했다. 그때는 관사 비슷한 아파트라 엘리베이터가 없던 시절이었다.

황당한 사건은 그 후 일어났다. 어느 날 밤이었다. 10시 반쯤 잠을 자기 위해 누웠는데 난데없이 초인종이 울렸다. 그러고는 다짜고짜 문을 열라는 것이었다. 초인종을 누른 사람은 내가 비행학처로 오기 전의 처장이었다. 나는 이유를 물었다. 그러자 처장들하고 술 한잔 했는데, 2차로 여기서 한잔 더 하려고 한다는 것이었다. 내가 취침중이라 안 된다며 문을 열어 주지 않자, 그는 "왜? 술이 없어서 그래? 술하고 안주는 내가 다 준비할 테니까 어서 문이나 열어" 하면서 막무가내로 재촉을 했다. 그러나 나는 끝까지 문을 열어 주지 않았다.

잠시 후 그냥 돌아갔는지 잠잠해졌는데 이번엔 전화벨이 요란하게 울렸다. 전화를 받자마자 "야 인마, 너 이 자식……" 하는 거친 말들이 날아왔다. 아까 문을 두드리던 처장이었다. 남녀 똑같이 동등하게 일을 하는데 네가 스스로 여성을 내세우니 문제가 있다는 것이었다.

"여자 아니라도 취침 중인데 취해서 찾아와 무조건 문 두드리는 건 결례 아닙니까?"

"결례? 남자들은 상관이 술 마시자고 찾아오면 황공해 하면서 얼른 문 열어줘. 내 부하 중에 너 같은 앤 하나도 없어, 알아?"

"그럼, 그런 부하 찾아가세요. 왜 싫다는 사람에게 그러십니까?"

그렇게 30분 동안 옥신각신 말다툼을 하다가 나는 아예 전화기를 내려놓았다.

처음 발령지에 가면 이런 일은 으레 다반사로 겪는다. 이런 경우를 당하는 것은 나뿐만 아니라 여군들 모두가 겪는 고통이다. 초기에 이러한 것을 과감하게 끊으면 문제가 없는데 우유부단하게 받아들이면 나중에 문제가 되어 안 좋은 결과를 초래할 수도 있다.

군대는 철저한 계급 사회이다. 그러다 보니 진급이 중요할 수밖에 없다. 또 진급을 하기 위해서는 상급자에게 잘 보여야만 한다. 여군은 더욱 그렇다. 어쩌면 상급자에게 잘 보이는 것도 하나의 능력일지도 모른다. 그날 처장은 나와 같은 부류는 진급에는 별로 관심도 없는 사람으로 보았을 것이다. 상급자가 곱게 차려 준 기회를 차버리는 미련한 사람이라고 생각했을 것이다.

난들 왜 상급자들과 친하게 지내고 싶고 진급도 수월하게 하고 싶지 않겠는가. 그러나 원리원칙이란 게 있다. 특히 조직은, 또 군이라는 특수 조직은 원리원칙이 철저해야 한다. 이를 무시한다면 조직의 붕괴를 가져올 수도 있다. 내가 처장의 방문에 문을 열어 주지 않은 것은 결코 여자의 입장에서만 거절한 것은 아니었다. 남자라도 그와 같은 상황에서는 거절을 할 수 있다. 혼자 조용히 쉬고 싶은데 상급자라는 권위만으로 아무 때나 술 마시고 쳐들어 올 수 있고, 하급자는 무조건 그것을 받아들여야 한다면 그게 바로 폭력이다. 이것은 남녀나 계급의 문제를 떠나 인간의 예의 문제인 것이다. 그러나 군이라는 조직은 이런 예의가 통용이 안 될 때가 너무나 많다.

여군단 해체와 함께 나는 본연의 임무에만 충실하고 싶었다. 여군단 시절 때때로 '기쁨조' 노릇까지 해야 하는 여군의 현실을 보면서 나는 괴로움과 비애감으로 견디기 힘든 시간을 보내며 고통을 감내해야 했다. 그리고 이제는 그런 고통이 없으리라 생각했다. 그러나 군은 내게 때때로 영관 장교가 아닌 여성 장교를 요구한다. 그럴 때마다 나는 참담한 기분이 되어 다시금 생각해 본다.

그들은 과연 국가를 어떻게 생각하는가?

그들은 과연 그들 어깨에 걸린 계급을 어떻게 생각하는가?

그들은 과연 군이라는 조직을 어떻게 생각하는가?

이 책을 쓰면서 가끔 그 시절의 일기장을 뒤적거린다. 낡은 일기장에는 수없이 많은 자조적인 말들이 남아 있다.

이 생활이 이제는 우스워진다. 얼마나 더 참을까. 얼마나 더.

'여자 내음이 나지 않는다'고 하면서 내 눈치를 살피는 것이 나는 이상하다. 이제 그런 시선은 초월할 수 있다. 그러나 더불어 함께 가야하는 삶이 되어야 하는데 어느 누구 하나 가슴을 터놓고 이야기 나눌 사람이 없다.

오늘은 27사단장님께 전화를 드렸다. 그래도 내 마음속에 가장 군인다운 참 군인으로 남아 있는 사람이다. 반가워하셨다.

그랬구나, 그때 그분에게 전화를 했었구나. 일기를 읽다가 가슴이 울컥했다. 늘 당당하고 용감하게 헤쳐 나왔다고 생각했는데 일기에는 어린 소녀 같은 자조와 외로움이 메마른 낙엽처럼 어수선하게 남아 있다. "군인답다"라는 말을 최대의 찬사로 알며 살아가고 있는 나를 이상한 듯 쳐다보던 동료 군인들, 그 아픈 시절을 지금도 우울하게 기억한다.

육군대학의
첫 여성 장교들

육군항공학교 교관을 마친 1993년에 나는 육군대학으로 갔다.

당시 여군은 여군 훈련소에서 교육을 받으면 그 다음부터는 특별한 교육 과정이 없었다. 진급도 반드시 교육을 수료해야만 하는 것도 아니었다. 남자들은 '선(先)교육 후(後)보직' 원칙에 따라 대위 때 고군반에서 교육을 받는데, 주 교육 내용은 전술 교육이었다. 보병 위주의 연대 전술 등을 교육 받는 것이다. 그 다음에는 육군대학에서 사단 이상의 전술과 작전을 배운다.

육군대학은 소령급 영관 장교들은 필수적으로 가는 코스지만 이전까지는 여군이 입교한 적이 없었다. 여군이 육군대학에 입교할 수 있었던 것은 여군단이 해체되면서부터였다. 이전까지는 교육의 기회가 없었는데 여군단이 해체되어 남군과 동일하게 병과 보직을 받게 되자 그에 따라 육군대학 교육도 가능해졌다.

육군대학에 여군이 입교를 한 것은 우리 동기들이 최초였다. 영관급이면서 아직 고군반 교육조차 안 받았으니 육군대학에 가서 공부를 하자는 뜻에서 입교를 하기로 결정한 것이다. 그때까지 남아 있는 나의 동기들은 모두 네 명이었다. 그중 나보다 먼저 소령으로 진급한 두 명이 먼저 육군대학에 갔고, 나는 동기 중에서는 네 번째로 나중에 혼자서 입교했다. 소령 진급이 늦은데다 항공병과이다 보니 그렇게 되었다.

육군대학의 교육 기간은 6개월이었다. 병과 구별 없이 교육을 받는 육군대학에 입교한다는 건 여군이 아닌 군인으로서 남자들과 똑같은 영역으로 들어가는 것을 의미했다.

육군대학에서는 주로 전술 등을 공부했다. 그런데 공부가 생각보다 쉽지는 않았다. 제일 애를 먹은 것은 좀 우습지만 군대 용어였다. 나는 그래도 특전사와 조종사 근무를 통해 다양한 경험을 해보았지만, 여군이라는 한정된 영역에서만 근무한 다른 동료들은 작전과 전투에 관련된 용어들은 모르는 게 많았다.

이런 일화가 있다. '병참선'이라는 용어가 있는데, 한 여군 후배가 이 용어의 뜻을 모르고 수업 중에 교관에게 질문을 했다. "병참선은 어떻게 생긴 배입니까?" 하고 말이다. 그러자 장내에 폭소가 터져 나왔다. 병참선(兵站線)은 작전 부대와 병참 기지를 잇는 도로·철도·항로 등의 시설을 이르는 말이다. 그런데 이를 배로 알고서 질문을 했으니 폭소가 터질 수밖에.

학교에서는 이런 문제를 해결하기 위하여 여군에게는 특별히 학생 스폰서를 붙여 주었다. 스폰서란 원래 교환 학생으로 오는 외국인 학생이 들어왔을 때 우리 말과 생활에 서툰 것을 도와주기 위해 만든 제도였는데, 그 스폰서 제도를 여군에게도 적용한 것이다.

그러나 네 번째로 입교한 나는 스폰서가 없었다. 나의 자력서에 병과가 항공으로 기재돼 있다 보니 여군인 줄 모르고 스폰서를 준비해 두지 않았던 것이다. 굳이 스폰서를 붙여 달라고 할 마음도 없어 나는 교육 기간 내내 혼자서 공부를 했다.

육군대학은 성적이 가장 중요하다. 소령에서 중령으로 진급하는 데 결정적인 역할을 하기 때문이다. 그래서 우리 동기 중 네 번째로 입교한 나는, 먼저 졸업한 동기들의 성적이 좋아 상급의 성적을 받으려고 최선을 다했다. 육군대학의 성적은 상·중·하 그룹으로 나눈다. 먼저 입교한 내 동기들은 비록 스폰서가 따로 있었다곤 해도 모두 열심히 공부하여 상위 그룹으로 졸업을 하였다. 모범을 보인 그 동료들과 앞으로 들어올 후배들의 이미지를 위해서도 나 또한 누구보다 열심히 공부했다.

육군대학에서 나는 숙소 문제로 웃지 못할 일을 또 겪었다. 당시 숙소는 남녀 구분이 철저했다. 그리고 남자는 가족과 함께 생활하는 경우가 많았다. 여군은 외국인 숙소에서 생활을 했다.

그런데 나는 남자 숙소인 BOQ로 배정을 받았다. 항공병과인데다가 이름이 남자 같아서 나를 남자 숙소로 분류한 것이다. 그러나 나는 이를 이상하게 생각지 않았다. 또 남녀 숙소 구분을 엄격하게 하고 있는지도 몰랐다.

설을 쇠고 며칠 후 입교를 한 나는 숙소에 짐을 풀었다. 그리고 숙소 앞 헬스장에서 혼자 자전거를 타며 운동을 하고 있는데 사복을 입은 웬 남자가 헬스장을 돌아보더니 나보고 대뜸 어느 장교의 가족이냐고 물었다. 내가 교육생이 아니라 교육을 받으러 온 남자 군인의 가족인 줄 알았던 모양이다.

"네, 이번에 교육 들어온 피우진 소령입니다."

나는 슬몃 웃음도 나왔지만 다부지게 대답을 하였다. 그러자 그는 내 대답에 깜짝 놀라는 것이었다. 그러면서 여군이 왜 남자 숙소에 있느냐며 당장 숙소를 옮기라는 것이었다. 남녀는 엄격히 분리해야 하니 일단은 임시 숙소로 옮기고 여군 숙소인 외국인 숙소로 옮겨 주겠다고 했다.

그는 대령으로, 육군대학의 참모장이었다. 참모장은 육군대학의 살림을 도맡고 있는 살림꾼이었다. 그 후 일주일 뒤 나는 임시 숙소를 거쳐 외국인 숙소로 거처를 옮겼다.

6개월의 육군대학 과정은 일종의 연수 교육 같은 것이어서 완전히 새로운 지식보다는 군 조직의 일반적인 문제와 고급 전술을 복습하는 과정이다. 그럼에도 앞에서 말했듯 한정된 여군 생활만 하던 입장에서는 새로 얻을 것들이 많았다.

당시 교육은 오후 3시까지 6시간 수업이었다. 그리고 마침 교육 시스템이 바뀌어 가는 중이었다. 그전까지 해오던 암기 위주의 교육에서 이해력과 발표력 위주의 교육으로 바뀌고 있었다. 이제는 군사 전술도 논리적 사고가 밑받침 되어야 하는 시대가 된 것이다. 교육 후에는 조별과 반별, 각 병과별로 토의하고 발표하는 스터디를 하였는데 여자는 유일하게 나 혼자였다. 또 나는 교육생들에 비해 훨씬 선임이었다. 당시 교육생 250명 중에 두 번째로 높은 서열이었다. 교육생들은 대부분 나보다 4~5년 후배들이었다.

열심히 노력했지만 육군대학의 성적은 썩 만족한 편이 아니었다. 비록 상급이 아닌 중급으로 교육을 마쳤지만 나만의 노력으로 공부를 하였고, 또 내가 얻고자 하는 것은 충분히 얻었던 기간이었다.

전방 항공대대의
최고령 소대장

육군대학을 수료한 후 다시 항공으로 돌아
가 비행학처 교관 임무를 맡았다. 규정에 따르면 교관은 5년까지 할
수 있다. 중간에 육군대학을 다녔지만 나의 교관 근무 연한은 아직 2
년 이상 남아 있었다. 그런데 복귀 후 교관 생활을 1년 정도 했을 때
갑자기 전방 항공대대로 전출 명령이 떨어졌다.

기본 임기 중에 보직이 바뀌게 되면 대개는 미리 알려 주는 법이다.
그런데 내가 희망하지도 않은 전출에 대해 사전 통보가 전혀 없었다.
송별 회식을 준비하겠다는 인사장교의 말을 듣고는 뒤늦게 알았다. 느
닷없이 무슨 말이냐고 묻자 육군본부에서 인사 명령이 내려왔다면서
내가 이미 알고 있는 줄 알았다고 했다.

헬기 중대장을 안 해봤으므로 일선 중대로 다시 보내는 게 아닐까
요, 하는 게 인사장교의 짐작이었다. 말을 듣고 보니 그럴 수도 있겠다
싶었다. 군인은 계급이 올라가면 거기에 맞는 보직을 두루 경험해 보

아야 한다. 개인적으로는 그렇게 경력을 쌓아야 진급을 위한 평점이 높아지고, 국가적으로도 고급 장교일수록 다양한 경험의 기회를 주어야 전력 증강에 보탬이 되는 것이다.

그러나 너무 갑작스런 전출 명령이었다. 나는 이곳 정리를 하기 위해 한 달만 미뤄 달라고 육군본부에 요청했다. 그러고는 한 달 후에 2군단 예하의 항공단으로 옮겼다. 영관급 여군이 전방에 배치된 일은 그때까지 한 번도 없었다. 게다가 나는 여군 가운데 가장 나이가 많았다. 인사 자체만 보면 조금 부적절하다는 생각이었지만 야전 지휘관의 임무에 오히려 활력을 느끼는 나로서는 굳이 회피할 일이 아니었다.

군단으로 가 전입신고를 하자 항공단의 기동 헬기대대로 보내 주었다. 그런데 막상 항공대대로 가 보니 나에게 주어진 보직은 중대장이 아니고 소대장이었다. 내가 한 달을 미룬 사이 중대장 직이 다 찼다는 것이었다. 그러면서 나에게 소대장을 맡으라고 했다.

소령에게 소대장을 하라니, 나는 어이가 없었다. 소위나 중위를 갓단 한참 후배들이 있는 곳에서 영관급으로 소대장을 하고 있다는 건 체면도 안 서는 일인데다 여군 후배들의 사기도 꺾는 일이었다.

"못하겠습니다. 제가 소령 중에서도 고참인데, 저도 얼굴이 있지 어떻게 소대장을 합니까."

"그럼 어떡하나, 자네가 늦게 와서 그런 건데. 어쨌든 지휘관 보직으로 왔으니 소대장이라도 해야지."

중령인 대대장이 난처하면서도 짜증이 나는 표정으로 말했다.

"소대장은 지휘관이 아니라 지휘잡니다."

나는 그렇게 다시 항의했다. 똑같이 푸른 견장을 붙이지만 소대장은 한 단위를 지휘하는 책임자로서 보통 지휘자라고 부른다. 한 부대를 책임지는 중대장급 이상이 되어야 지휘관이라고 부른다. 중대장은 소대장보다 단순히 한 단위 높은 지휘자가 아니라 인사권과 전시 즉결 처분권도 갖고 있는 명실상부한 지휘관인 것이다.

"아무튼 자리는 그것밖에 없으니까 받아들이든지 말든지 알아서 해."

중대장 직이 다 찼다는데 무조건 반발하고 있을 수만은 없었다. 부대 보직 현황을 알아보니 참모 보직 중 소령급이 맡을 수 있는 자리로 안전장교 직책이 남아 있었다.

나는 대대장에게 정식으로 안전장교 직책을 요청했다. 대대장은 지휘관 보직으로 온 사람이기에 그럴 수 없다고 했다. 전출 명령이야 육군본부에서 내리지만 부대 안에서의 보직은 대대장의 인사권만으로 정할 수 있는 것이었다. 그런데도 내 요청을 받아 주지 않았다.

나중에 보니 그럴 만한 이유가 있었다. 진급 문제였다. 항공군단 내에는 진급을 바라고 있는 소령 참모와 중대장들이 많이 있었다. 특히 인원수가 많은 삼사관학교 출신들은 14기에서 17기가 모두 중령 진급 대상자였다. 나는 삼사관학교로 따지면 16기에 해당한다. 당시 정보 작전과장은 삼사 17기로 군 경력에서 내 후배라 할 수 있는데, 그 사람이 나의 안전장교 직을 반대했던 것이다. 소문을 듣고 짐작한 게 아니다. 정보작전과장이 나를 찾아와 직접 그 말을 했다.

"솔직히 선배의 안전장교 보직은 내가 반대했습니다."

2군단 12항공단에서 나는 소령으로 소대장에 복무하는 수모를 겪었다. 이후 중령 진급을
하기까지 나는 순탄치 않은 길을 걸었다. (1995년 항공단 시절, 훈련 나가기 전에)

"왜?"

"진급 심사 때 참모는 참모끼리 인사 평점을 비교하잖아요. 선배가 참모가 되면 제 경쟁자가 됩니다. 선배 말고도 제 선배 기수에 경쟁자가 많은데 한 사람 더 만들 수는 없지요."

솔직한 건 좋았다. 진급을 기대하는 마음도 전혀 잘못된 게 아니다. 나 또한 진급 때문에 얼마나 마음고생을 많이 했던가. 그러나 내 생각에 정보작전과장의 말은 공연한 걱정이었다.

"걱정도 팔자다. 누가 나를 진급시키겠어? 심사를 하면 참모 경력이 훨씬 많고 일도 많이 하는 정작과 참모에게 진급이 가면 갔지 왜 나한테 진급이 떨어져."

"그래도 여군은 마지막에 플러스알파라는 게 작용할 수가 있잖아요."

"여군이라 불리하면 더 불리하지 플러스알파는 또 뭐야?"

"뭐 불리할 때도 있겠지만, 사실 여군은 숫자가 적으니까 언제 어느 때 정책적인 배려로 진급이 될지 모르는 거 아닙니까."

대화는 평행선이었다. 정보작전과장이 내 보직을 주는 것도 아닌데 그와 말다툼을 하고 있는 것도 우스웠다. 나는 대대장에게 안전과장 직을 요구하며 계속 버텼다. 그렇게 15일이 지났다. 대대장이 불렀다.

"15일 이상 보직을 안 받으면 무보직이 되는 거 알지? 어떻게 할 거야, 그만 버티고 소대장을 인정해."

"저는 절대 소대장을 받을 순 없습니다. 안전과장을 주십시오. 하지만 지휘관인 대대장님이 인사권자이니 제가 더 뭐라고 말하겠습니까."

나는 그렇게만 말하고 나왔다. 다음 날 보직이 내려왔다. 소대장이었다. 정식으로 대대장의 보직 명령이 떨어졌는데 거부할 수는 없었다.

그동안 나는 여군에서는 처음으로 헬기 조종사를 하고, 항공병과에서 처음으로 남군들 사이에 교관 임무를 수행하는 등 '최초' 라는 수식어를 어지간히 달고 다녔는데, 이곳에서는 결국 '최초의 소령 소대장' 까지 하게 되었다.

군단의 괴물

항공단에서의 소대장 근무는 처음부터 순탄치 않았다. 원래부터 항공병과는 여군을 동료로 인정하지 않는 분위기가 있었다. 게다가 처음부터 깐깐하게 대립한 나를 대대장도 좋게 볼리 없었고 선후배나 동료급 장교들도 나를 견제했다.

내 지휘를 받는 소대원 조종사들도 마찬가지였다. 직속상관이라 대놓고 뭐라 하지 못할 뿐 나의 지휘를 받는 것을 고깝게들 생각하는 눈치였다. 부대 안의 누구도 나에게 호의적이지 않았다. 부대에 괴물 하나가 들어왔다고 자기들끼리 수군거리기만 했다.

차를 주차시켜 놓고 퇴근할 때 보면 타이어가 펑크 나 있거나 옆문이 날카로운 것으로 긁혀져 있고는 했다. 눈에 보이지 않는 그런 비겁한 짓은 차라리 웃어넘길 수가 있었다. 지휘관 회의 때 노골적으로 내 말을 무시한다거나 아예 옆에 없는 듯이 대할 때에는 속에서 불이 났다. 처음에는 내 존재를 알리기 위하여 정식으로 문제제기를 하거나 심한 말다툼도 곧잘 벌이곤 했지만 매번 그럴 수는 없는 일이다. 차츰 나도 지쳐 가기 시작했다.

나는 나보다 후배인 중대장 밑에서 대위들과 함께 소대장 근무를 했다. 기업으로 보면 그만 나가라고 책상을 복도로 빼버리는 것과 같다. 그러나 한편, 군 서열로는 후배이면서 같이 소대장 근무를 하는 동료들이나 직책상 상급자인 중대장은 그런 점에서 내가 불편했을 수 있다. 같은 남자가 아니다 보니 더 그랬을 수도 있다.

하지만 그런 것으로 따지면 내가 훨씬 불편하고 자존심 상해야 할 일이었다. 그러나 모두들 내 입장보다는 자신들의 입장을 먼저 생각했다. 나만 없으면 아무 문제도 없는데 나 하나로 모든 문제가 생겨난다고 보는 것이었다. 그런 분위기 속에서 살아남기 위해 나는 하루하루 벼슬을 세운 싸움닭이 되어야 했다.

당시 나는 가까운 사람들에게 나를 포함한 여군들의 처지를 '유리벽'이라는 말로 표현하곤 했다. 아무런 벽도 없는 듯 투명해 보이지만 남군에 끼기에는 처음부터 불가능한 유리벽 하나가 가로막고 있다는 이야기다. 유리벽이라는 표현은 나중에는 '철판 유리벽'이라는 말로 바뀌었다.

전입 초기에는 숙소 문제로 한동안 고생하기도 했다. 부대에서 배정해 준 군인용 아파트로 이사를 왔는데 너무 낡은 곳이었다. 원래 부사관들을 위한 아파트라 하는데 워낙 오래 되어 조만간 허물고 다시 지을 것이라고 했다. 그래서 아파트의 70퍼센트는 비어 있었다.

그런 곳이었으니 연탄불 난방 등 기본 시설이 취약한 것은 물론이고 여기저기 허술하지 않은 곳이 없었다. 화장실은 혼자 들어가도 비좁아 앉고 일어설 때마다 조심스러웠고, 방문도 마루도 온통 삐걱거리는 소리를 냈다. 심지어는 사람들이 들어섰는데도 거실 바닥으로 쥐들이 왔다 갔다 했다.

이사를 도와주러 온 남동생이 그런 환경을 보고는 "누나, 그냥 가자" 하고 한심하다는 표정으로 말했다. 소령쯤 되면 꽤 괜찮은 곳에서 사는 줄 알았는데 이게 뭐냐는 것이었다. 함께 오신 어머니께서도 멍하니 서 계시기만 했다.

"야, 군인은 원래 그래. 우리나라 여건이 아직 이런 걸 어떡하냐. 빨리 짐이나 부려."

내가 오히려 쾌활하게 말했지만 동생도 어머니도 짐을 풀려고 하지 않았다. 결국 풀지도 않을 짐만 내려놓고는 그 다음 날부터 전세 아파트를 얻으러 다녀야 했다. 그것도 일종의 텃세였다. 미리미리 대대장에게 부탁도 하고 아파트도 살펴보고 해야 하는데 처음부터 대대장과 신경전을 벌였으니 그럴 상황이 아니었다. 그게 아니라도 나는 늘 주어진 원칙에만 따랐지 인간관계를 통해 무엇을 얻으려는 요령 같은 건 부릴 줄 몰랐다. 아무튼 숙소는 근무한 지 한 달 후에야 소양강 근처의 아파트를 사비로 얻을 수가 있었다.

이처럼 전입 초기부터 고통의 연속이었는데 얼마 후 묘한 반전이 생긴다. 나로서는 뜻밖의 기쁨이지만 부대 동료들로부터는 아예 대놓고 욕을 들었던 아이러니한 일이었다.

나는 1995년 6월에 소대장 직을 받아 근무를 시작했다. 그런데 얼마 후 육군본부에서 난리가 났다. 소령이 왜 소대장을 하고 있느냐고 질책이 내려온 것이다. 나를 아끼던 여군 선배 한 분이 참모총장에게 건의를 하여 그렇게 된 모양이었다. 아무튼 육군본부로부터 군사령부로, 다시 예하 군단으로, 그리고 우리 부대가 속한 항공단까지 질책이 내려오자 분위기가 삽시간에 뒤숭숭해졌다. 특히 내 얼굴 한 번 못 본 군단에서는 예하부대의 인사 문제로 말을 듣게 되자 매우 곤혹스러워 했다.

그 일이 이상한 계기가 되었다. 8월에 진급 심사가 있었는데 내가 거기에서 덜컥(?) 중령 진급을 한 것이었다. 나로서는 정말 뜻밖이었다. 매년 진급 심사 시기만 되면 나 역시 은근히 기대하며 촉각을 곤두세우곤 했다. 보병 동기에서는 중령이 두 명이나 나왔는데 소령을 7년째 하고 있으니 나라고 조바심이 안 날 수는 없었다.

그러나 이때는 전혀 기대하지 않고 있었다. 대대장을 비롯해 부대의 거의 모든 동료들에게 '찬밥'이 돼 있는 처지에 어떻게 진급을 바라보겠는가. 근무 평점은 안 봐도 뻔한 노릇이었다. 거기에다 우리 부대 안에만도 중령 진급을 기대하는 소령 대상자들이 여러 명이었다. 내가 된다는 건 꿈도 못 꿀 일이었다.

그런데 내가 진급이 되었다. 그것도 우리 부대만이 아니라 군단 전체에서 중령 진급한 사람이 나 하나뿐이었다. 그렇지 않아도 싫어하던 사람이다. 다른 부대에서 전근해 온 지 석 달도 안 되는 사람이다. 주변 분위기가 어땠겠는가. 부대에 할당된 단 하나의 진급 공석을 내가 빼앗아 갔다고 모두 흥분해 버렸다. 그때는 정말 얼마나 미움을 받았던지 평생 들을 원망과 미움을 그때 다 받지 않았나 싶다.

중령이 되자 중대장 직이 주어졌다. 몇 달 후에는 대대장이 바뀌었는데, 새로 온 대대장은 나와 같은 중령 계급이었다. 그 대대장은 자신이 우리나라에서 가장 센 대대장이라고 농담을 했다. 중령 중대장을 거느리고 있는 대대장은 자기 혼자뿐이라는 이야기다.

중령으로 진급되고 대대장도 바뀌자 부대 생활이 조금은 견딜 만했다. 그러나 정말 다행스러운 일은 그 다음에 생겼다. 두 가지 일인데, 사건 자체로만 보면 좋은 일은 아니었다. 신문에도 보도된 큰 산불이 그 하나고, 다른 하나는 우리 부대가 속한 1군사령부 관할 지역에서 발생한 강릉 잠수함 사건이었다. 헬기 중대장으로서 이 두 가지 사건에 참여해 부하들을 지휘하면서 중대원들과 가까워지는 계기가 되었다.

특히 강릉 잠수함 사건은 11명이나 침투하여 여름에서 추석까지 우리 군과 공방을 벌인 큰 사건이었다. 외박 중이던 새벽에 긴급 전화를 받고 부리나케 부대로 달려 들어간 것이 추석을 며칠 앞둔 9월이었다.

우리 중대는 처음부터 작전에 참여하지는 않았고, 11명 중 3명이 살아남아 도주하는 시기에 투입되었다. 긴박한 상황은 다소 가라앉았지만 여전히 생사를 건 전투 상황은 계속되고 있었다. 우리 군은 야간 통행금지가 실시된 강원도 지역에서 새벽부터 초저녁까지 북한군이 도주하는 일대를 샅샅이 추적했다.

순간순간 긴박한 상황이 계속되어 매우 힘든 시간이었지만 부대 생활 중 그 어느 때보다 부대원들이 강하게 결속된 시간이기도 했다. 이때의 일기에는 "이런 것이 군인이고 전우 아니겠는가!" 하는 뭉클한 글들이 남아 있다. 그러면서 한편 같은 민족인 북한 군인들과 처음으로 직접 전투를 치르면서 새삼스레 분단의 아픔을 깊이 느끼기도 했었다.

　나는 그 두 작전에서 중대원을 격려하고 지휘하면서 서로 신뢰를 쌓을 수 있었다. 평시에는 인간적 약점과 이기심들이 부딪치면서 사소한 일로도 대립이 된다. 그러나 생사를 오가는 작전 상황에서는 역시 군인으로서의 능력과 책임감이 가장 필요하게 마련이다.

　그 두 가지 사건을 통해 내가 부하들에게 지휘 능력을 인정받고 나 또한 부하들에게 더 큰 애정을 확인하게 된 것은 이 시절의 마지막 행운이었다고 할 수 있다.

Part 3

오늘도 나는
입대하는 꿈을 꾼다

마지막 야전 지휘관

1998년도에 나는 가평에 있는 항공대대에서 마지막으로 야전의 부지휘관 보직을 수행했다. 그전까지 내가 소속돼 있던 군단 항공대의 편제가 바뀌면서 중령급이 대대장을 맡도록 되었는데, 다른 남자 중령을 데려와 대대장을 시키면서 나는 새로 창설된 군단 항공대로 내려 보냈다. 그 항공대의 부대장으로 간 것이다. 내 상급자인 대장은 대령이었다.

그런데 일 년 후에 그 항공대도 중령급 대장으로 편제가 바뀌었다. 그렇게 되면 중령으로 부대장을 하던 나를 대장으로 임명할 수도 있을 텐데 이번에도 다른 중령을 데려와 대장을 시켰다. 그것도 나보다 후배인 중령이었다. 그런 연유로 나는 또다시 예전의 항공단으로 돌아갔다.

그쯤 되면 누군가를 찾아가야 한다. 나와 대립했던 군사령관이든 다른 누구이든, 영향력 있는 사람을 찾아가 나에게 걸려 있는 족쇄를 풀어 달라고 사정해야 한다. 그러나 그렇게 못하는 게 내 성격이다. 나는 내 계급과 경력에 맞는 보직이 생길 때마다 거기에 임명되지 못하고 오히려 그때마다 쫓기듯 다른 곳으로 이동해야만 했다.

온통 남자들뿐인 대대에서 부지휘관 임무를 수행하는 게 쉽지는 않다. 소대장이나 중대장은 직속 부하가 있고 구체적인 지휘 책임을 갖고 있기 때문에 임무가 오히려 수월하다. 그러나 최고 지휘관인 대장도 아니고 부대장이라는 직책은 지휘 범위가 사실 조금 막연한 면이 있다. 그렇지 않아도 유일한 여군이라서 견제나 눈총을 받아 왔는데 '부' 자를 붙인 지휘관으로 근무하려니 어려움이 많았다. 부하들도 그렇지만 나를 활용해야 할 대장도 조금 부담스러워하는 것 같았다.

처음 부임한 날 부하 장교들과 함께 회식을 했다. 비가 부슬부슬 오는 날이었다. 비행장이 좀 외떨어져 있어 읍내까지 한참을 걸어가는데 논두렁을 지날 때 부하장교들이 '전설의 고향' 같은 이야기를 시작했다.

이곳에 귀신이 있다는 것이었다. 어느 장교 하나는 술 마시고 복귀하다가 귀신에 홀려 논바닥 한가운데에서 헤매기도 했다고 한다. 그런 귀신 이야기와 함께 이 지역에서 있었다는 살인 사건에 대해서도 들려주었다.

항공 조종사 하나가 대학 시절 과외를 하던 학생 어머니와 불륜 관계였는데, 그 이후로 늘 따라다니며 집요하게 수발을 드는 그 학생 어머니와 싸우다가 우발적으로 살인을 했다고 한다. 그러고는 이곳 외딴 집에 시신을 감추었는데 여름이 되자 냄새가 나기 시작해 그제야 추적을 해서 범인을 잡았다고 한다.

그런 이야기를 하면서 부하 장교들은 힐끔힐끔 내 눈치를 살폈다. 속으로 웃음이 나왔다. 처음 온 사람에게 그런 지저분하고 무서운 이야기는 왜 하는가 하는 생각이 들어서였다. 그저 문득 생각나서 들려주는 이야기일 수도 있다. 그러나 내 반응을 흥미롭게 지켜보는 걸 보면 거기엔 다소 짓궂은 악의가 깔려 있어 보였다.

"어때, 무섭지? 나중에 이 길 혼자 오가려면 좀 으스스하겠지?"

마치 그런 말이라도 하고 있는 듯했다.

나는 원래 무서움이 없는 편이다. 야간에 혼자 산에도 잘 다닌다. 그 길도 나중에 혼자 잘 돌아다녔다. 그러나 나만큼 대범하지 못한 여군은 공연히 기가 죽을 수도 있는 이야기다. 귀신과 살인 사건 이야기만이 아니라 일부러 그것을 들려주며 바라보는 묘한 시선 때문에 기분이 상할 수도 있다. 이런 것들 하나하나가 여군에 대한 무의식적인 차별이고 무시라는 것을 남군들은 의식하지 않는다.

자기가 그 지역의 '주먹'이라고 자랑하고 다니던 부사관 한 사람이 있었다. 그는 자기가 그 동네를 꽉 잡고 있다면서 무슨 문제 생기면 말만 하라고 했다. "읍내 나와서 식사하시면 연락 주십시오. 제가 잘 모시겠습니다" 그런 식이었다. 그 말투와 눈빛. 그건 군인이 자기 상관에게 하는 이야기가 아니라 그야말로 동네 건달이 지역 초등학교에 갓 부임해 온 처녀 선생에게 하는 말이었다.

"부대장님은 남자다워 보이는데 저희 동네 조기축구회에도 한번 나오셔서 같이 뛰시지요?"

"곡괭이질 할 줄 아세요?"

"에이, 부대대장님이 뭐 그런 것까지 다 하려고 하세요."

친근한 척 건네는 이런 말들마다 늘 은근한 야유가 깔려 있었다. 여자가 하면 얼마나 하냐, 진짜 세다면 우리들 하는 일 다 그대로 해봐라, 이런 식인 것이다.

많이 어린 사람들은 그렇게 하지 않는다. 나이 차이 때문이 아니라 상관에 대한 기본 예의가 그래도 있는 것이다. 군의 위계질서를 누구보다 알고 있을 나이 든 남자 부사관들이 오히려 더 그런다. 정말 산전수전 다 겪은 고참 부사관으로서 상관인 여군 장교를 보호해 주고 싶다면 그건 꼭 나쁘다고 할 것만도 아니다. 여성이 육체적으로 남성보다 취약한 건 사실이니까 말이다. 그런데 이것도 저것도 아닌 채로 비실비실 웃으며 별 재미도 없는 농담이나 건넨다. 내 생각에 그건 유치한 어리광이거나 질 낮은 치근덕거림이었다.

그 부사관은 지휘자급의 전체 회의를 하면 대장의 심부름을 나간다거나 하는 등의 핑계를 대며 좀처럼 참석하지 않았다. 몇 번을 그냥 두고 보다가 어느 날엔 내가 직접 전화를 걸었다.

"몇 시가 되도 좋으니까 일 끝나는 대로 들어와. 당신 들어올 때까지 회의 안 하고 다들 기다릴 거니까."

그렇게 강하게 나가자 그제야 조금 말을 들었다.

여군은 지휘관으로 인정하지 않으려는 그런 모습은 전근 초기에 으레 있는 일이었다. 나의 대응 방법은 늘 원칙 그 하나뿐이었다. 원칙에 따라 지시하고, 원칙에 따라 거부한다. 그러려면 우선 내 행동이 원칙에서 벗어나면 안 된다. 조금도 흐트러진 모습을 보이면 안 되는 것이었다. 융통성을 발휘하고 싶어도 그런 사람들이 있는 한은 힘들었다.

모두가 그런 사람들뿐이라면 근무하기 정말 힘들었을 것이다. 부하이면서도 수컷으로서의 남성 우월을 과시하려 드는 사람은 다행히 그렇게 많지는 않았다. 특히 나는 언제나 하위 계급자들과 더 잘 어울리곤 하는 편이어서 시간이 지나자 차츰 지휘 체계가 잡혔다.

나중엔 대장이 오히려 이런 농담을 할 정도였다.

"부대장은 인기 위주로만 근무하는 것 같아. 부하들이 나는 욕하고 부대장만 좋아하더라구."

똥이나 실컷
싸 봤으면

훈련소 시절부터 중령이 될 때까지 20여 년 동안 군대 환경도 많이 변했다. 경제가 성장한 만큼 보급품이나 시설도 현저하게 좋아졌다. 예전에 여학생 시절에는 '군인 아저씨'들에게 위문품이라는 것을 보내기도 했고, 입대 초기에는 내가 위문품을 받아 보기도 했다. 그런 위문품이 사라진 것이 증명하듯 군의 환경은 분명 예전에 비해 아주 좋아졌다.

크게 변하지 않은 게 있다면 여군에 대한 배려와 지원이다. 여군이 급속도로 늘어난 요즘엔 그래도 나아진 것으로 알고 있지만 10년 전에만 해도 20년, 30년 전과 큰 차이가 나지 않았다.

전방 항공대의 중대장으로 근무하던 1995년도에 9박 7일간 호국 훈련을 나간 적이 있다. 가상의 적을 설정하고 훈련 기간 내내 야전에서 생활하는 쌍방 기동 훈련이었다. 영내에도 여성을 배려하는 시설은 취약하지만 이렇게 바깥 생활을 하면 매 순간 상당한 불편을 겪는다.

이때의 훈련은 대대 전체가 참여하는 훈련이라 150여 명의 전 부대원이 텐트를 치고 함께 야영을 했다. 150명 중에 여군은 나와 10년 후배인 대위 두 명뿐이었다. 텐트는 25인용 중대 텐트에서 중대원 전원이 함께 생활을 한다. 중대장인 나도 남자 군인들에 섞여 같이 잠을 자게 되니 아무래도 여러 가지로 신경 쓰이는 일들이 생긴다.

우선 옷을 갈아입는 일부터 문제이다. 잘 때는 훈련 중이라 대개들 군복을 그냥 입고 자기 때문에 상관없다. 그러나 며칠씩 야외에서 움직이고 나면 속옷이라도 갈아입어야만 하는데 그럴 만한 장소를 찾기 힘들다. 그래서 나중에는 텐트 귀퉁이에 담요를 쳐 임시 탈의실을 만들었다. 누가 들여다볼까 봐 탈의실 앞에는 보초 한 명을 세우고, 그 보초가 볼 수도 있으므로 다시 그 보초를 감시하는 사병 하나를 또 세웠다.

생각하면 코미디처럼 우스운 일이었다. 옷 하나 갈아입기 위해 이렇게 번거로운 절차를 거치면서도 이런 작은 배려마저 부하인 남자 군인들에게 공연히 미안한 마음이 들고는 했다. 여성이라는 티를 안 내고 싶은데 어쩔 수 없이 그러다 보니 스스로 한심한 기분도 들게 된다.

중대장 정도면 단독 텐트를 칠 수도 있는 일인데, 대대에서 단독 텐트는 대대장 한 사람만 사용했다. 대대장은 자기 텐트에서 옷을 갈아입으라고 했지만 그때마다 대대장 텐트로 가는 건 더 어색한 일이다. 나는 본인의 일이라 직접 말하기 껄끄럽지만 대대장이 알아서 단독 텐트 하나를 배려해 줄 수도 있을 텐데 대대장은 그렇게 하지 않았다. 이런 일 하나가 모두 여성에 대한 배려의 무심함이다.

그러나 역시 가장 불편한 건 용변을 보는 일이었다. 야외 훈련 때는 텐트를 치는 숙영지 근처에 간이 화장실을 만든다. 말 그대로 간이 화장실이라 구덩이를 파 나무판 두 개를 올려놓고 사격 연습 때 표적으로 쓰는 검은 천으로 사방을 가린 게 전부인 허술한 화장실이다.

150명의 인원에 고작 두어 개의 간이 화장실뿐이고 보니 항상 긴 줄이 늘어선다. 남자들은 대변을 볼 때만 이용하고 소변 정도는 근처에서 대강 해결할 수 있지만 여자는 그럴 수가 없다. 대소변 모두 화장실을 이용해야만 하니 하루에도 몇 번씩 그 만원 화장실을 사용해야만 했다.

화장실 안에 들어가면 조종복을 벗는 것도 일이다. 소변보는 시간보다 옷 벗는 시간이 더 걸린다. 그리고 나서 앉게 되면 두 손은 화장실 문인 사격 표적지를 꼭 쥐고 있어야 한다. 언제 누가 불쑥 열어젖힐지 모르기 때문이다. 그래서 한 번도 마음 편히 용변을 본 적이 없었다.

훈련 중 정찰을 나가면 나와 후배는 본연의 정찰 임무 말고 또 정찰하는 게 또 있다. 숙영지 근처에 초등학교나 민가가 있는지 살펴보는 일이다. 화장실이 급할 때 여차하면 달려갈 때가 있는지 살펴 두는 것이다.

입대할 때부터 겪어온 일이라 나로선 사실 크게 화나는 일은 아니었다. 이력이 나 있는 것이다. 그러나 후배 조종사인 여군 대위는 견디기 힘들었던 모양이다. 훈련이 일주일쯤 지나자 대위인 여군 후배가 나를 찾아왔다.

"선배님, 오늘은 제가 막말 좀 하겠습니다."

"뭔데?"

"빨간 마후라고 지랄이고 도대체 똥이나 실컷 싸 봤으면 좋겠습니다."

국방참모대학에서의
보람찬 경험들

軍 경력 20년째가 되는 2000년도를 전후하여 나는 일반 군부대와는 분위기가 완전히 다른 국방참모대학과 합동참모부를 경험했다. 두 곳 모두 여군 장교로서는 내가 처음이었다.

이곳 생활은 만족스러웠다. 그동안 스스로 야전 지휘관이 내 체질에 맞는다고 생각해 왔는데, 하도 여러 가지로 부대껴서인지 학구적인 분위기가 물씬한 이곳 생활이 그 어느 때보다 편안했다.

국방참모대학에 가게 된 배경 자체는 조금 씁쓸하다. 중령이 되었으므로 나는 계급상으로 대대장 자격을 갖추었다. 그런데 비행시간이 부족하다는 이유로 대대장 직이 주어지지 않았다. 나에게 줄 보직이 마땅치 않자 중령들이 들어가는 코스인 국방참모대학을 권유하여 여군으로서는 처음으로 그곳에 다니게 되었다.

우스운 이야기지만 국방참모대학이라는 데가 있다는 걸 이때 처음 알았다. 군대에서 공부 과정은 보통 소령들이 가는 육군대학과 대령급 이상이 주로 가는 국방대학원만 있는 줄 알았으니까 말이다. 아무튼 대대장 직을 주지 않아 다소 서운한 마음으로 들어간 곳이었는데 입교해 보니 아주 좋았다.

국방참모대학은 육해공 3군에서 다 들어오는데, 경력이나 능력을 보면 모두 엘리트라 할 수 있는 군인들이었다. 실제로 이곳을 수료한 사람들은 대개들 브레인 역할을 수행하는 국방부나 합참 같은 곳으로 많이 갔다. 나중에 텔레비전으로 남북회담 장면을 보니까 군복을 입고 나오는 각 군의 대표들이 모두 이때의 동기들이었다.

국방참모대학의 과정은 10개월이었다. 군의 브레인 시스템은 크게 작전·전략·정책으로 나눌 수 있는데, 이곳은 전략 정책을 공부하는 곳이었다. 나는 이곳에서의 공부를 통해 각 군의 전략 정책을 이해하고 육해공 3군의 서로 다른 문화도 경험할 수 있었다. 그리고 앞에서도 말했듯 좋은 군인들을 많이 만날 수 있었던 게 큰 소득이었다. 인재를 키울 목적으로 학생을 선발한 탓인지 그들 대개가 사고가 반듯하고 탄탄히 정립된 군인들이었다.

오죽했으면 '아, 내가 병과 선택을 잘못해 그렇게 힘이 들었구나' 하는 생각까지도 들었다. 항공병과의 폐쇄성과 남성 중심 문화가 새롭게 뒤돌아 봐지면서 군 안에도 얼마든지 유연하고 합리적인 성품의 군인이 많다는 것을 느꼈던 시절이었다.

국방참모대학을 수료한 후에는 다시 1년 정도 항공대의 부지휘관으로 지낸 다음 이번엔 3군 합동참모부에서 근무하게 되었다.

합참은 전략 정책 부서이면서 군 최고의 작전부대라 할 수 있다. 군에서 가장 높은 권위의 군령을 내려 보내는 곳이 합참이므로 합참의장의 군 서열도 군에서 가장 높다. 똑같은 4성 장군이지만 각 군 참모총장보다 서열이 높은 고참이 임명되는 것이다. 한마디로 현역 중에서 가장 높은 분이 합참의장이 된다.

국방부 내에 있는 합참은 위치가 서울이고, 업무도 군 최고 단위의 작전을 수립하는 곳이므로 선호도가 높았다. 거기에다 아마 높은 계급의 상사들과 근무 인연을 맺어 놓으면 진급에 유리할 것이라는 계산도 작용할 것이다.

그런 곳을 내가 가게 되었다. 항공 운영장교 보직이 하나 생기면서 항공부대에서 10여 년 근무했고 국방참모대학도 나온 내가 선발된 것이다. 그런데 합참에 들어가는 것에도 제법 우여곡절이 있었다. 항공 병과와 합참 양쪽에서 다 반대가 있었다. 항공 쪽에서는 어느 대령이나 대신 자기 측근인 다른 사람을 보내려고 했고, 합참에서는 내가 여성이라는 것으로 해서 육해공 합동 작전을 수립하는 합참 근무에 적당하지 않다고 보았다.

그런 움직임 속에서 내가 합참으로 가게 된 것은 합참의 전투협조과장의 소신이었다. 7월에 명령이 떨어지고도 앞서 말한 이유들로 전출이 계속 지연되었다. 합참 내에서는 과연 나를 받아들일 것이냐 하는 문제로 투표까지 했다고 한다. 그런데 나를 전혀 알지 못하는 전투협조과장이 내 이력서만 보고는 나를 받겠다고 하였다. 앞으로 합참에도 여군이 들어와야 하고, 또 자기가 쓸 사람이니 자신이 직접 고르겠다고 주장하여 나를 선택했다.

　여성 장교로는 처음으로 들어간 국방참모대학은 나에게 새로운 경험과 보람을 안겨 주었다. 야전 지휘관 체질인 나에게 국방참모대학의 학구적인 분위기는 또 다른 매력이었다. (1997년, 국방참모대학 현지 훈련을 받기 위해 독도로 가는 도중에 독도를 배경으로)

합참에서는 각 군의 모든 훈련을 기획, 통제, 검열한다. 훈련마다 실제 전쟁에서 활용할 시스템을 적용하고, 가상의 전쟁을 염두에 두고 그에 따른 필요 작전 수립과 전력 할당 등 전쟁 상황의 최고 단계 전략을 기획하고 집행한다. 일반 부대는 특별한 작전이나 훈련이 없을 때에는 민간 조직과 크게 다르지 않은 일과 생활을 유지한다. 그러나 합참에서는 매일 군 작전과 관계된 업무가 이루어진다.

나는 그런 분위기가 좋았다. 입대 이후로 줄곧 나는 군과 직접 연결된 상황들에만 관심이 있는 편이었다. 군 조직의 발전과 현황들에 대해 열띠게 토론도 하고 상황에 맞춰 즉각 실천해 나가는 것을 좋아했다. 그런데 대위급 이상의 직업적 군인들은 일반 회사원들처럼 진급에 목매달고 있으므로 해서 자신의 평점 관리, 업적 과시, 윗사람의 의도를 파악하는 것 등에 더 많은 신경을 쓴다.

합참은 그렇지 않았다. 정책 부서라 할 수 있는 합참이 일반 부대보다 오히려 군인다운 열정과 활기를 갖고 있었다. 군 내부 말고도 여러 대외적 관계가 많기 때문에 합참에서는 장군들도 발에 불이 나도록 뛰어다니고 쓰리스타도 정시 퇴근이 없었다. 나는 그런 분위기에서 일하는 것이 정말 신났다.

합참 안에도 인간적인 관계의 긴장은 있었다. 직속상관인 과장이 바뀌거나 하면 서로 익숙해질 때까지 한동안 적응 기간이 필요한 법이다. 그러나 일반 부대에서와 같은 묘한 알력이나 권위 다툼 같은 건 별로 없었다. 나는 내 일에만 집중할 수 있었다. 합참에서 내가 하는 일은 항공 전력을 할당하는 일이었다. VIP 이동이나 작전 때 군 병력 이동에 따라 항공기를 각 부대와 훈련 지역에 배치하고 이동시키는 일들이었다.

합참은 적에게 노출되면 안 되는 군의 최고 지휘부이기 때문에 각 군 합동 훈련을 할 때면 지휘부 요원들 전부가 벙커에 들어가 24시간 근무를 하곤 한다. 일 년에 몇 번씩 있는 그런 벙커 생활이 좀 힘들긴 했어도 그 대신 긴박감 도는 생생한 전시 경험을 할 수 있었다. 국방참모대학에서와는 또 다르게 각 군의 부대 운용 방식이나 전략적 특성을 공부할 수 있었던 것도 아주 좋은 경험이었다.

군에서 얻은
가장 큰 선물

군에서 얻은 게 무엇인가? 군인으로서의 보람은 무엇인가?

30년 가까이 직업 군인 생활을 하다 보니 가끔 군 밖의 지인들로부터 이런 질문을 받는다. 이런 질문에 한두 마디로 대답하긴 어렵다. 이십대 중반부터 오십이 넘은 지금까지 거의 '한평생'이라고 할 만한 시절을 군에 몸담았으므로 이런 질문은 당신은 삶에서 무엇을 얻었는가 하는 질문처럼 너무 거창하다.

물론 범위를 좁혀 구체적으로 보람이나 긍지를 느낀 때를 생각해 보면 여러 가지가 있다. 비행기 조종을 할 수 있었다는 게 아마 그 첫 번째가 아닐까 싶다.

하늘을 유유히 비행하는 비행기를 보면 누구나 나도 조종사가 돼 보고 싶다는 생각을 한번쯤은 해볼 것이다. 하지만 비행기 조종이라는 건 지금도 아무나 접근할 수 있는 일이 아니다. 그런데 남자라면 그런 생각을 구체적으로 실천에 옮길 수도 있지만, 여자들은 꿈조차 꾸기 힘든 게 현실이다. 우리들 시대에는 더 그랬다.

내가 비행기 조종에 처음 동경을 품은 것은 특전사에 가서 고공 낙하 훈련을 받을 때였다. 나는 그때 하늘을 나는 '맛'을 처음 알았다. 지상의 모습을 소인국처럼 조그맣게 내려다보면서 창공을 시원스레 질러가는 비행이 그렇게 황홀할 수가 없었다. 고공 점프 자체도 일반인으로서는 하기 힘든 일이어서 자부심을 느꼈지만, 낙하 훈련을 할 때마다 직접 비행기를 조종하고 싶다는 생각이 들곤 했었다. 그런데 느닷없이 여군에게도 그런 기회가 왔다. 나는 주저 없이 조종사를 지원했고, 마침내 내가 직접 비행기를 조종하면서 나의 옛 동료들을 수송하기도 했다.

나는 군 생활의 절반 이상을 조종사로 지냈다. 비행기 조종이야말로 군인이 되지 않았다면 해볼 수 없었던 가장 유익한 소득이었다. 그것 하나만으로도 나는 군에 온 것을 다행스럽게 생각한다.

그러나 군 생활 전체를 생각하면 내가 얻은 것은 따로 있다. 부하, 그것이 내가 군에서 얻은 가장 큰 선물이다. 부하는 사회 어디에나 있을 수 있다. 군에 오기 전 잠시 교직 생활을 했었는데, 그때의 학생들도 부하라면 부하다. 또 일반 직장 생활을 하면서 '장' 자가 붙는 직책을 가지게 되면 그때도 부하 직원이 생긴다. 상하 위계질서가 있는 어느 곳이든 부하가 있고 상사가 있다.

그러나 군의 부하는 일반 사회와는 개념이 다르다. 일반 회사의 상사는 이윤 추구라는 목표를 갖고 부하 직원들의 전문적인 능력을 관리하지만, 군대에서는 전쟁을 수행하기 위한 목적으로 부하들을 인솔하는 것이다. 따라서 어찌 보면 부하들의 목숨을 짊어지고 있는 굉장히 어려운 직책이다. 평시에도 군의 지휘관은, 사병의 경우 그들의 하루 생활 전부를 관리하고 감독한다. 일정한 기간 동안은 한 사람의 삶 전부를 책임지고 있는 것이다.

나는 군대만이 가지고 있는 그런 운명적 공동체 분위기가 좋았다. 군에서는 부하든 상사든 서로 믿고 의지하지 않으면 안 된다. 현실적으로는 늘 그런 믿음이 있는 건 아니지만, 적어도 그게 군 조직의 기본 원칙이다. 서로에게 기대고 서로에게 자기 생활을 맡긴다는 게 군 조직의 특성이다. 비록 한 시기지만 일상의 희로애락을 함께 할 수 있다는 건 군이 맺어 준 특별한 인연이라고 나는 생각한다. 군 생활에서 내가 느낀 가장 큰 보람은 그렇게 나를 믿어 주는 부하들과 모든 고락을 함께 나누었다는 것이다.

나는 여군 훈련소에서 중대장 보직을 받으며 처음으로 지휘관 경험을 했다. 나의 첫 부하들을 만난 셈이다. 군에서 지휘관이라는 건 정말 무거운 직책이다. 그들의 기쁨과 슬픔, 그들의 즐거움과 고통이 전적으로 지휘관에게 맡겨져 있다. 지휘관의 품성이나 능력이 부하들의 삶 전체를 지배하는 것이다.

그래서 군의 지휘관은 단지 상사가 아니라 부모와 같은 역할도 가지고 있다. 부모의 품성이 한 가정의 분위기를 만들고 아이들의 인격 형성에도 큰 영향을 미치듯, 군의 지휘관도 부하들의 삶에 무시 못할 영향을 미친다. 나는 그래서 늘 나의 부하들을 가족과 같은 마음으로

군에서 얻은 가장 큰 선물은 동료들이다. 내가 병원에 입원해 있을 때도 가장 많이 걱정을 해준 사람들이 나의 동료들과 부하들이었다. 미혼인 나는 남편도 없고 자식도 없다. 그 대신 나는 수많은 부하들과 동료들을 얻었다. 그들과 모든 희로애락을 함께 나눌 수 있었던 것은 내 군 생활의 가장 큰 기쁨이었다. (1987년, 여군대대 중대원들과 함께. 앞줄 왼쪽에서 네 번째가 나)

대하려고 노력해 왔다. 진짜 부모들에게 돌려보내기 전까지는 내가 그들의 인생을 지켜줘야 하는 것이다.

항공대에서 학생대장을 할 때의 일이다. 어느 날 퇴근을 하려고 하는데 일직사관이 오더니 어느 사병에 대해서 보고를 했다. 너무 자학적인 상태여서 자살 충동이라도 갖지 않을까 걱정된다는 것이다. 전입 초기부터 정서가 불안해 보여 주의 깊게 관찰하던 사병이었는데, 갑자기 그 상태가 더 심각해진 모양이었다.

나는 퇴근을 미루고 그 사병을 데려오게 했다. 그 사병은 일직사관 손에 이끌려 내 집무실에 들어올 때부터 눈물을 흘렸다. 앉혀 놓고 차분히 말을 걸어 보았지만 그저 울기만 했다. 띄엄띄엄 몇 마디 하는데, 이유도 없이 분노가 생기고 눈에 보이는 건 다 부수고 싶다고 한다. 편안해 보이는 사람은 무조건 찔러 버리고 싶다고도 한다. 이유를 물으니 자기도 모르겠단다. 그냥 모든 게 싫고 모든 게 화난다는 것이다.

나는 한동안 사병이 울도록 놔두었다. 한참 후에 조금 진정이 된 듯하여 다시 말을 붙였다. 손을 잡아 주며 다정히 물어보자 마침내 사병이 입을 열었다. 집안 이야기였다. 자기네 집안은 3남매인데 아버지가 미장일을 하면서 키웠다고 한다. 그런데 아버지가 너무 오랫동안 일을 하셔서 다리가 앉은뱅이처럼 되었다. 절망에 빠진 아버지는 집안에 들어 앉아 매일 술만 마시기 시작했고, 그러다 보니 자연히 어머니와 자주 다투게 되었고, 결국엔 누나들 둘이 가출을 했다. 그리고 나중엔 어머니마저 집을 나가 버렸다. 그 사병은 집안이 거의 풍비박산이 된 그런 상태에서 입대했던 것이다.

"아버지가 너무 불쌍해요. 혼자 어떻게 지내실지 생각하면 아무것도 할 수가 없어요."

착한 아이였다. 매일 술만 마시고 싸움이나 하는 아버지를 이해할 줄 아는 아들이었다. 나는 천천히 내 말을 시작했다. 아버지의 고통을 이해하는 마음은 기특하지만 그럴수록 현실적인 해결 방안을 찾아야 하지 않겠느냐, 네가 이러다가 사고라도 치면 네 인생은 물론이고 네가 그토록 걱정하는 아버지에게 불행 하나를 더 만들어 주는 것 아니냐. 그런 이야기들을 한참 들려주었다.

말을 하다 보니 어느새 나도 목이 메었다. 사병의 처지가 불쌍하기도 했고, 돌아가신 내 아버지가 떠오르기도 해서였다. 우리는 손을 잡고 함께 눈물을 흘렸다. 그런 후에 나는 그 사병에게 "이제부터 내 아들 해라" 하고 말했다. 여기 있는 동안은 모든 문제를 나와 의논하고 나에게 털어놓으라고, 아버님께는 내가 편지도 한 번 드리겠다고 했다. 내 말을 듣자 사병은 다시 한 번 서럽게 한참을 울었다.

면담 이후로 사병은 차츰 우울증에서 벗어나 착실하게 군 생활을 했다. 나중에는 부사관 시험을 치르겠다는 말도 했다. 이런 일을 겪고 나면 보람보다는 우선 지휘관의 책임이 얼마나 막중한지를 다시 느끼게 된다. 아닌 말로 그 사병은 자살을 하거나 동료를 해친다거나 하는 극단적인 행동을 할 수도 있었다. 그것을 조금이라도 도와줄 수 있는 힘과 책임을 갖고 있는 것이 군의 지휘관이다.

군 생활을 하면서 늘 신경 쓰이는 게 부하들이었지만, 가장 큰 즐거움과 보람을 준 것도 나의 부하들이었다. 군은 조직의 특성상 차갑고 엄격할 수밖에 없는 곳이지만, 인간적인 행동은 여기에서도 통한다. 오히려 작은 관심이 아주 큰 도움이 될 수 있는 곳이 군이다. 군에서 맺은 인연을 지나가는 한때의 관계로 보지 않고 마음으로 다가가면 군에서 오히려 좋은 친구를 얻을 수도 있다.

　나는 군에서 아주 많은 부하 친구들을 얻었다. 내가 병원에 입원해 있을 때도 가장 많이 그리고 진심으로 걱정해 준 사람들이 나의 부하들이었다. 나는 결혼을 하지 않아 남편도 없고 자식도 없다. 그 대신 수많은 부하들을 얻었다. 지휘관으로 그들의 대리 부모 노릇을 하며 모든 희로애락을 함께 나눌 수 있었던 것은 내가 군대에서 얻은 가장 큰 기쁨이었다.

전우애에는 계급이 없다

사병들이 자주 하는 말 중에 "거꾸로 매달아도 국방부 시계는 돌아간다"는 말이 있다. 군 생활의 고생을 죽은 듯이 참으며 제대 날짜만 기다린다는 뜻이다. 장교와 달리 징집되어 들어온 사병들에게 군이란 하루라도 빨리 벗어나고 싶은 곳이다. 24시간 한정된 영내에 거주하며 사생활은 거의 없이 명령만 따라야 하는 생활이 만족스러울 리 없다.

영내에 묶여 있다거나 사생활을 통제 받는 건 군 조직의 특성상 어쩔 수 없는 일이다. 그것을 어떻게 해볼 도리는 없다. 하지만 군대는 죄수를 가두어 두는 감옥은 아니다. 개인적인 삶을 유보한 채 신성한 국방의 의무를 수행하러 들어온 사병들이므로 군에서는 가능한 한 병영 생활이 편하고 즐겁도록 만들어 주어야 한다.

군 생활이야 다 비슷하겠지만 병영 생활의 분위기는 부대마다 다르다. 아무리 군대라도 일을 만들고 시키는 건 어쨌거나 사람이 하는 일이다. 때문에 부대 지휘관이 어떤 사람이냐에 따라 군 생활이 편할 수도 있고 힘들 수도 있다. 사병들이 문제를 일으키는 경우를 봐도 대개는 훈련이나 영내 거주 등 군 생활의 기본을 못 견뎌서가 아니라 비합리적인 지시나 모욕적인 대우 같은 일상적인 환경에서 문제가 발생한다. 이런 건 지휘관의 의지만으로 얼마든지 개선할 수가 있는 것이다.

예를 들어 부대에서 수시로 있는 사역 같은 경우도 하인 부리듯 무조건 일을 시킬 수도 있고 즐거운 마음으로 동참하게 할 수도 있다. 내가 항공대에서 학생대장으로 있을 때 우리 부대에는 나무 심기, 낙엽청소, 잔디 뽑기 등 사역들이 많았다. 훈련은 아니지만 이런 건 부대 관리상 어쩔 수 없이 해야 하는 일들이다. 하지만 나는 이런 사역이라 해도 사병들이 당연히 해야 하는 일이라고는 생각하지 않았다.

우리 부대 요원에게 사역을 시킬 때는 반드시 내 허락을 받아야 했다. 그리고 일단 허락할 경우는 내 나름대로 분석을 해서 최대한 빠른 시간 안에 효과를 얻는 방안을 연구했고, 무엇보다 사병들이 그 일의 필요성을 스스로 인지한 상태에서 사역에 임하게 했다. 그냥 아무렇게나 일꾼 다루듯이 사역을 시키는 장교는 혼을 냈다. 그리고 사역 때마다 나도 늘 함께 하면서 손이 베이거나 흙 독이 옮지 않도록 세심하게 감독을 했다. 부대를 가꾼다는 마음으로 그렇게 모두가 동참을 해서 일하면 사역도 얼마든지 재미있게 할 수가 있다.

군에서는 머리를 깎을 때 병사들끼리 변변치 않은 기술로 서로 머리를 깎아 준다. 그러다 보니 좋은 머리 모양이 나오지 않는다. 요즘 병사들은 특히 자기 관리에 민감해서 머리 모양이 안 좋으면 그것 때문에 화를 내거나 우울해 하기도 한다. 이런 문제도 군대니까 어쩔 수 없다고 넘겨 버릴 게 아니다. 지휘관 나름대로 좋은 방법을 찾아낼 수도 있는 것이다.

당시 우리 부대 가까운 곳에 공주영상대학이 있었다. 나는 거기에 미용학과가 있다는 것을 알고는 그 대학과 자매결연을 맺어 2주에 한 번씩 학생들이 부대에 와서 병사들의 머리를 깎아 주도록 했다. 교수들도 함께 와 식사를 같이 하곤 했다. 여학생들이 와서 머리를 깎아 주자 이발하는 날은 부대에 활기와 즐거움이 넘쳤다. 전문적인 기술이 있는 학생들이므로 머리 모양도 당연히 좋게 나왔다. 이 아이디어는 다른 부대에서도 호응을 얻어 얼마 후에는 정비대와 본부대에서도 도입을 했다.

부대에서 종종 있는 일 중 하나는 회식이다. 나는 이런 회식도 부대 운영비 한도 안에서 최고로 풍성하게 차려 주려고 애쓰곤 했다. 고기도 야채도 최상으로 구입해서 적어도 한 달에 한 번은 실컷 고기를 먹을 수 있게 했다. 의례적인 회식이 아니라 사병들이 대우 받는다는 기분을 느끼게 해주고 싶었다. 명절에는 위에서 내려오는 것 말고도 떡을 별도로 맞추고 인근 숙소에 사는 지휘관들이 전도 부쳐 오고 해서 함께 윷놀이 등 즐거운 놀이를 하도록 했다. 그리고 원하는 사병들은 개인적으로 차례도 지낼 수 있게 해주었다.

1군사령부에서 여군대장으로 근무할 때는 여군 부사관들을 모두 데리고 밖으로 놀러 간 적도 있다. 여름마다 하기 수양회라는 게 있지만 여군 부사관들은 각기 소속 부서가 있어 함께 움직이기가 어렵다.

그렇지만 나는 여군의 단결심 고취를 위해 우리만 따로 가겠다고 건의해서 40여 명의 여군들을 모두 모아 야외에서 텐트를 치고 1박을 했다. 그때 얼마나 신나게들 노는지 정말 마음이 흡족했다. 여름에 부대 근처 딸기밭에서 싼값에 딸기를 잔뜩 사와서는 부대원 전체가 딸기 파티를 했던 것도 기억이 난다.

앞에 예를 든 이런 일들은 지휘관이 마음만 먹으면 충분히 할 수 있다. 계급과 임무는 달라도 이런 식으로 부대원 전체가 유쾌하게 어울릴 수 있는 일들은 아주 많다. 문제는 지휘관의 의지이다. 자기 인생의 한 시기를 전적으로 맡기고 있는 부대원들에게 지휘관은 특별한 책임감을 가져야 한다.

군과 결혼했다고 생각하는 나에게 부대원들은 가족과 같은 존재였다. 내가 마음으로 다가서면 사병들도 그것을 느꼈다. 전우애는 전시에만 있는 게 아니다. 일상의 고락을 함께 하는 평시의 병영 생활에서도 끈끈한 전우애가 가능하다. 어디에서 근무하든 나는 늘 그런 전우애가 있는 부대를 만들고 싶었다. 군 생활에서 내가 가장 보람을 느낀 때도 그렇게 부하들과 마음으로 어울리는 시간들이었다. 상급자들과는 이런저런 일로 많이 부닥쳤지만 부하들과는 한 번도 어려운 문제가 없었다. 나는 부하들과 나눈 이러한 끈끈한 전우애를 30년 가까운 군 생활에서 가장 자랑스럽고 기쁘게 생각한다.

사단장 성희롱 사건

2001년 겨울 합참에 근무하고 있을 때 국방부 출입기자 중 한 분이 전화를 걸어왔다. 그 얼마 전에 여러 신문에 크게 보도된, 사단장의 여군 장교 성추행 사건에 대해 물어볼 것이 있다는 것이었다.

그 사건과 직접적인 관련이 전혀 없는 나에게 인터뷰 요청이 들어온 까닭을 알 수 없었다. 나중에 기자에게 들으니 여기저기 알아보아도 대개는 입을 다물었고, 그러던 중 누군가에게 피 중령이라면 말할 거라는 이야기를 들었다는 것이다. 솔직히 전화를 받았을 때에는 나도 잠깐 망설였다. 그러나 나는 곧 인터뷰를 수락했다.

어느 집단에서든 불미스런 일을 저지르는 소수의 사람이 있게 마련이다. 그런 일이 생기면 대개는 쉬쉬하며 덮어 두려고 한다. 어쩔 수 없이 알려진다 해도 자세한 언급을 피하면서 파문 축소에만 애를 쓴다. 집단 전체의 명예에 손상이 가고 조직 구성원들의 사기를 떨어뜨

196

린다고 보기 때문이다.

하지만 그런 식이라면 보도되어야 할 사건이란 없다. 누구든 어느 집단엔가는 소속돼 있다. 조직 보호라는 미명 아래 모든 집단이 자기들의 치부를 감추기에만 급급한다면 우리는 서로서로 아무것도 모르게 된다. 그리고 사건은 해당 조직 안에서 힘을 가진 사람의 입장에 따라 조정되면서 또 다른 불미를 만들어 낼 것이다. 비슷한 사건이 되풀이되는 것을 막기 위해서는 그때그때 엄정한 처리를 하면서 조직 문화자체를 개선해야 한다. 상부에서 좋아하지 않을 거라는 생각을 하면서도 내가 인터뷰에 응한 것은 그 때문이었다.

며칠 후 신문에 아래와 같은 기사가 실렸다.

"군 내 고위급 인사들의 성추행은 대부분 상명하복의 조직 체계 속에 계급에 따른 힘의 논리를 앞세워 여군을 농락한다는 점에서 일반 사회에서의 그것보다 죄질이 더 나쁘고 그 책임 또한 무겁다 할 수 있습니다. 그런데 중요한 것은 이 같은 군 내 성추행 문제가 은폐되기 일쑤며 공개될 경우 오히려 여군의 잘못으로 매도된다는 겁니다."

최근 발생한 육군 모사단장의 여군 장교 성추행 문제와 관련, 전방부대 대장과 중대장을 비롯해 여군대장까지 역임했던 피우진 중령(합참 작전참모부)은 "이번 사건은 부하를 부하로 보지 않고 자신의 노리갯감 정도로 여긴 상관의 그릇된 사고방식에서 나온 어처구니없는 사건이다. 군 전체로 볼 때 엄청난 전력 손실이 아닐 수 없지만 장군으로서의 의식과 자질 면에서 문제가 있는 만큼 단호하게 처리돼야 할 것으로 본다"고 말했다.

내가 아는 그 사건의 경과는 이렇다.

갓 소위로 임관한 초임 여군 장교가 모 사단 부관부에 배속되었다. 그 얼마 후 사단에 새로운 사단장이 부임해 왔다. 사단장은 부서 초도 업무 보고 때 부관 참모와 사무실 직원들이 다 있는 자리에서 그 여군 장교에게 어느 학교를 나왔느냐, 자기 모교인 어느 학교를 아느냐고 묻는 등 특별한 관심을 표명하더니 업무 보고를 받고 나가는 문 앞에 서 여군 장교의 볼을 가볍게 꼬집었다.

시작은 그렇게 단순했다. 그 자체만 보면 아버지 같은 나이의 사단 장이 여군 장교를 대견하게 보아 격의 없이 친밀한 행동을 한 것이라 볼 수도 있다. 그 여군 장교 역시 잠깐 당황하긴 했지만 애써 그런 쪽 으로 이해를 하며 받아들였다. 하지만 무지막지한 강간범이 아닌 다음 에야 성희롱은 대개 이렇게도 저렇게도 볼 수 있는 그런 애매한 접촉 으로 시작되는 법이다.

얼마 후 부대 연말 송년회식이 있었다. 연말 회식은 부대의 정식 행 사로 치러지기에 부관부 말단 장교였던 그 여군 소위는 부관부 간부들 과 함께 행사가 끝날 때까지 사무실에서 비상 대기를 했다. 그런데 행 사가 시작된 지 20여 분 후 부관 참모가 와서는 사단사령부 여군들은 모두 회식에 참석하라는 사단장의 지시를 전달했다.

다른 여군들은 이미 모두 퇴근했으므로 그 여군 장교만 부관 참모 를 따라가 행사장 말단 좌석에 앉았다. 곧이어 사회를 보던 부관 참모가 사단장이 앉은 라인의 상석에 앉으라고 지시했고, 여군 장교는 상석의 내빈 중 유일하게 여성인 미망인회 회장 자리 옆에 조심스럽게 앉았다. 얼마 후 다시 부관 참모가 손짓으로 여군 장교를 불러 사단장에게 한잔 따르라고 지시했고, 거부한다는 건 생각조차 할 수 없는 분위기 속에 여군 장교는 다소곳이 술을 따랐다. 술을 따르는 그 순간 사단장의 손이 여군 장교의 허벅지와 엉덩이에 와 닿았고, 사단장은 "이따 회식 끝나면 공관에 와서 차 한잔 하라"고 말했다.

저녁 8시경 회식이 끝나자 사단장이 직접 보낸 차가 여군 장교를 데리러 왔다. 여군 장교는 부관 참모에게 정식 보고를 한 후 사단장의 차를 타고 공관으로 갔다. 여군 장교는 거실에서 사단장이 직접 타 주는 차를 마시며 사단장의 고향 이야기와 이런저런 이야기들을 들어주었다. 그러다가 사단장이 "거실은 당번병들이 내일을 위해 업무를 해야 하니 내실로 옮기자"며 먼저 일어섰다. 여군 장교는 엉거주춤 일어나 따라 들어갔다. 그리고 저만치 열린 문틈 사이로 침대가 보이는 내실 소파에 앉아 차를 마셨다. 그 얼마 후 사단장이 갑자기 다가와 여군 장교의 얼굴을 두 손으로 움켜쥐고는 입을 맞추었다.

소설이라도 쓰듯 그때 상황을 이렇게 자세히 설명하는 까닭은 이 글을 읽는 분들이 객관적으로 한번 생각해 보라는 뜻에서다. 회식 자리에 불려갈 때부터 강제로 입맞춤을 당한 순간까지 여군 장교가 "싫다"는 의사 표시를 할 만한 분위기가 될까? 하느님 같은 사단장이 차 한잔 마시자 하고, 직접 승용차를 보내 주고, 당번병 핑계를 대며 내실로 끌어들이고 할 때 그 여군 장교가 취할 수 있는 행동은 아무것도 없다. 설사 좋지 않은 낌새가 느껴졌다 할지라도 자기 짐작만으로 사단장에게 무슨 말을 할 수 있을 것인가.

입맞춤을 당한 후에도 마찬가지다. 이 한 번의 일로 그 여군 장교가 사단장에게 성추행을 당했노라고 군 검찰에 바로 고소할 수 있었을까? 나는 모든 여군들이 그러기를 바라고, 나라면 당연히 그랬겠지만, 대개는 그런 용기를 내지 못하는 게 사실이다. 일개 소위가 자기 부대의 사단장을 고소하여 그것이 제대로 처리될지 자신할 수 없고, 만약 흐지부지 끝나면 그 후 자신에게 돌아올 불이익을 어떻게 감당할 것인가.

그 여군 장교는 이후에도 여러 번이나 다양한 방식으로 성추행을 당했다. 우여곡절을 겪은 후에 마침내 고소를 했지만, 고소 후에는 협박에 가까운 피 말리는 회유 압력을 받아야 했다. 그리고 사단장이 3개월 정직이라는 가벼운 징계를 받게 될 때쯤 여군 장교는 이미 정상적인 군 생활을 할 수 없을 만큼 심신이 허물어져 버렸다. 뿐만 아니라 주변으로부터 "처음부터 처신을 똑바로 했다면 그런 일이 생기겠느냐" "자기도 바라는 게 있어 먼저 꼬리를 친 건 아니냐" 따위의 말을 들었던 것이다.

이쯤 되면 정신과 치료를 받을 지경에 이르지 않을까. 실제로 그 여군 장교는 대인기피증과 심한 우울증으로 인해 정신과 치료를 받았다. 당시 그녀의 어머니는 이 일로 가정이 풍비박산이 되었다면서 절절한 호소문을 어느 민간 단체의 성폭력 상담소 게시판에 올리기도 했다. 풋풋한 여군 장교 하나가 이십대 중반의 나이에 폐인 가까운 상태로 무참히 주저앉고 말았던 것이다.

이런 것이 군대에서 벌어지는 성추행의 일반적 양상이다. 군만이 아니라 상하 위계질서가 있는 조직은 어디나 비슷하지 않을까 싶다. 직접적으로 힘을 행사할 수 있는 위치에 있는 사람이 하는 성추행은 그 자체가 무서운 폭력이다.

나중에 그 사단장은 문제가 워낙 일반인에게까지 크게 알려진 탓에 결국엔 전역을 하고 말았다. 개인적으로 나는 솔직히 그 사단장의 인생이 아깝다. 군에서 별 두 개를 단다는 게 얼마나 힘든 일인지 나는 안다. 능력도 있어야 하고 운도 따라야 하고, 무엇보다 기본적으로 수십 년의 세월을 바쳐야 가능한 일이다. 그렇게 오른 자리에서 불명예 전역을 하게 되었으니 남의 일이지만 어찌 안타깝지 않을까. 동시에 그것은 그 사람 개인의 문제만이 아니라 국가적으로도 큰 전력 손실인 것이다.

이런 일이 되풀이되지 않으려면 군대 성 문화가 크게 개선되어야 한다. 이런 건 관습의 문제이자 길들여진 의식의 문제이므로 단시일에 개선되지 않는다. 그야말로 군 상층부가 '뼈를 깎는 아픔'을 감수할 수 있어야 조금씩이나마 나아질 수 있을 것이다.

어느 여군 장교의 성 상납

이 책 여러 곳에서 나는 군대 안의 여성 차별과 고위직 남군들의 성희롱 사례들을 밝혔다. 계급에 따른 임무 차이 말고는 남녀가 평등할 거라고 믿었던 군이기에 그때마다 실망이 컸고, 그래서 고발이라도 하는 심정으로 내가 겪은 이야기들을 그대로 적었다.

그러나 내가 더 안타깝게 생각하는 건 일부 여군 고위 장교들의 그릇된 처신이다. 우리 사회는 오랫동안 가부장적 질서로 움직여 왔고, 또 군대 같은 경우는 아무래도 남군 중심으로 돌아갈 수밖에 없는 특성이 있다. 그래서 나는 여성 차별이나 성희롱 같은 문제도 비록 체념적인 이해이긴 하지만 현재로선 어쩔 수 없다고 애써 인정하면서 잊어버리려고 노력했다.

그런데도 정말 이해할 수 없는 일들이 있다. 같은 여자로서, 특히 후배를 지켜 주고 여군 지위 향상을 위해 노력해야 할 여군 고위 장교가 이런 일들에 오히려 동조하기도 한다는 것이다.

"강한 자에게 약하고 약한 자에게 강하다"는 말이 있다. 이렇게 행동하는 사람을 우리는 비열한 사람으로 본다. 철저히 권력적인 관계로만 사람을 대하는 저급 인간이기 때문이다.

어느 여군 고위 장교가 있었다. 이 사람 위치의 고위직이라면 자신의 신념에 따라 후배 여군들에게 많은 도움을 줄 수 있다. 개인적인 지원은 물론 여군 발전을 위한 정책 변화에도 영향력이 있다.

그러나 이 사람은 자신의 위치를 자기 개인의 영달에만 써먹었다. 전후방 각지에서 충실하게 근무하고 있는 장교들을 감싸 안기는커녕 고위 지휘관으로서 도와주어야 할 일이 있을 때마다 물질적인 접대를 요구했다. 그리고 자기 요구를 들어주지 않으면 어떤 구실을 내세워서라도 그들에게 피해가 가도록 조치하였다.

그 여군 장교가 지휘관으로 복무했던 한 부대에서는 부정부패가 하도 심하여 국방부 감사실로부터 감사도 받은 바 있다. 그러다 보니 지휘관 개인의 취향에 맞추어야지만 편하게 군 생활을 할 수 있다고 인식되어 동기생들끼리 서로 헐뜯고 시기하거나 금품이 오가는 분위기가 만연하기 시작했다.

이런 일까지는 눈 감고 지낼 수 있다. 사회 어디에나 흙탕물을 만들어 내는 미꾸라지는 있게 마련이다. 그러나 도저히 용납하기 힘든 일들이 있다. 후배 여군들을 남군 고위 간부들의 여흥 자리에 '기쁨조'로 대동시키는 일이 그렇다. 남자들이 요구하면 그것을 막아 주지는 못할망정 자기가 먼저 적극적으로 그런 일을 추진한다.

그중에서도 내가 아는 가장 충격적인 사건 하나는 이렇다. 지저분한 일이기에 구구절절한 설명을 붙이지 않고 사건의 개요만 간단히 옮긴다.

그 여군 고위 장교가 어느 부대에서 지휘관으로 근무할 때의 일이다. 그녀는 자신의 당번하사인 어느 여군 하사를 데리고 강남 어느 일식집으로 가서 모 남자 장군과 식사를 한다. 식사 자리에서 양주 2병이 비워지는데 두 사람의 권유에 의해 여군 하사가 가장 많이 마시게 된다. 세 사람은 2차로 단란주점을 간다. 거기에서 또 많은 술병이 비워진다. 시간이 한참 흐른 후 남자 장군이 여군 장교에게 자기 지갑을 건네주며 계산하라고 한다. 그녀는 지갑을 받아 룸 밖으로 나간다. 그러자 남자 장군이 룸의 문을 잠근다. 그리고…….

상식적인 사람이라면 금방 눈치 챌 것이다. 그 여군 장교가 계산을 마친 후 바로 돌아올 거라고 생각했다면 어느 누구도 이런 무모한 짓은 하지 못한다. 남자 장군은 그녀가 룸으로 돌아오지 않을 거라는 것을 알고 있었을 것이다. 언제 어떤 식으로 합의가 이루어졌는지는 두 사람만이 아는 일이다.

다행히 당시의 여군 하사는 "장군님! 따님을 생각하십시오" 하고 당차게 저항을 하여 그 자리를 모면할 수 있었다. 그런데 뒤늦게 돌아온 여군 장교는 부대로 복귀할 때에도 그 하사를 데려오지 않고 남자 장군의 차에 동석시켰다. 여군 하사는 남자 장군의 집요한 접근에 시달리다가 중간에 도망치듯 차에서 내렸다. 그러고는 설움에 복받쳐 혼자 밤길을 배회하다가 밤늦게야 부대로 복귀하였다.

아무도 모르게 지나갔을 일이다. 그 일이 알려진 건 부대 복귀가 늦은 경위를 일직사관에게 어쩔 수 없이 해명해야 했기 때문이었다.

나는 이 이야기를 당시 일직사관이었던 중사에게 들었다. 나는 충격을 받고 당장 그 여군 하사를 만나보았다. 그 일을 당한 여군 하사는 기분이 말할 수 없이 "더러웠다"고 표현했다. 더러웠기만 했을까. 남자 장군보다도 자기를 '기쁨조'로 헌납한 상급자에게 말할 수 없는 배신감을 느꼈을 것이다.

어떻게 이런 일이 있을 수 있단 말인가?

나는 그 여군 장교를 고소하고 문제를 공론화시키라고 여군 하사에게 충고했지만 본인이 주저하였다. 실상 그런 일은 아주 흔하다곤 할 수 없지만 심심찮게 발생하고 있었던 것이다. 그때마다 여군들은 대개 혼자 눈물을 흘리며 잊어버린다. 군 생활을 거기에서 끝낼 생각이 아니라면 부사관이나 하급 장교들이 여군 고위직 간부와 정면 대립하기는 힘든 것이다.

자기 부하를 남군의 노리개로 전락시키는 이런 파렴치한 짓을 하는 사람은 대체 어떤 가치관을 갖고 있는 것일까? 그녀 또한 살아남기 위해서였다고 이해해야 하는 걸까? 그런 측면이 아주 없지는 않을 것이다. 아주 너그럽게 보면, 그녀 또한 남자 중심의 성 문화의 피해자라고 할 수 있을지도 모른다.

그렇다 해도 뚜쟁이 같은 짓에 비해 그건 너무도 허약한 변명이다. 자신의 처지만 생각하는 지극히 비열한 행동이 아닌가 말이다. 또한 심지어 여군 상관이 그런 식이라면 후배 여군들은 누구를 의지할 것인가. 참으로 부끄러운 일이다.

처음이자
마지막 데이트

왜 결혼을 안 했느냐? 원래부터 독신주의였
느냐?

나를 아는 주변 사람들이 가끔 물어본다. 아니, 나를 아는 사람들은
안 물어본다. 나를 모르고 내 살아온 환경을 잘 모르는 사람들이 물어
본다. 모르는 사람들은 일반적인 시선으로 보게 되고, 일반적인 시선
으로 보면 건강이나 용모에 특별한 문제도 없는데 오십이 되도록 결혼
은커녕 연애 한 번 안 해본 것이 이상하게 보일 수 있다.

나는 독신주의자는 아니다. 그러나 결혼의 필요성이나 가정을 꾸
리고 싶다는 욕망을 크게 가져 본 적이 없는 건 사실이다. 이십대 초반
젊을 때부터 나는, 내가 결혼의 필요성을 느낄 때는 아마도 나이를 많
이 먹은 후일 거라고 막연히 느끼곤 했었다. 스스로 내 성격을 알기 때
문이었을 것이다. 결혼이라는 게 꼭 다소곳하고 얌전한 사람들만 하는
건 아니지만, 선이 굵고 동적인 성격에다 무언가 긍지와 성취감을 느

낄 수 있는 자기 일을 가지고자 했던 나의 가치관에 비추어 보면 결혼은 역시 구속이요 평범한 안주로 여겨졌을 것이다.

"에이, 마음에 드는 남자를 못 만나서 그렇지요, 뭐."

어떤 후배는 이렇게 말하기도 한다. 틀린 말은 아닐지 모른다. 이 사람과 살고 싶다 하는 강렬한 욕망을 느끼는 남자가 있었다면 결혼을 했을지도 모른다. 독신주의를 선언했던 여성들이 결혼하는 것도 대개는 자기 마음을 흔드는 남자를 만났기 때문일 것이다.

하지만 마음에 쏙 드는 남자를 만나지 못했다는 것 역시 결과이지 원인은 아니다. 군인으로서 내가 만나는 사람은 군 울타리 안에 한정돼 있었고, 주변에 숱한 남군들이 있었지만 상대를 남자로 느낄 만한 환경도, 분위기도 아니었다. 그리고 결정적으로, 여군의 결혼에 관한 규정이 바뀌기 전까지는 전역을 염두에 두지 않는 한 결혼은 할 수가 없었다. 군을 내 삶의 터전이요 가장 큰 자아실현의 마당으로 여기고 있던 나로서는 그 이전까지 연애나 결혼은 생각조차 해볼 상황이 아니었다. 그것이 결정적인 원인이다.

내가 처음이자 마지막으로 선을 보고 데이트도 한 것은 1999년이었다. 여군 동기생이 소개한 자리였는데, 그때도 결혼의 필요성을 크게 느끼진 못하던 때라 가벼운 마음으로 따라 나갔었다. 장소는 대전이었고, 일과를 끝낸 토요일 저녁이었다.

남자는 나보다 몇 살 많아 오십에 가까웠는데 그림을 그리면서 그와 관련된 사업도 한다고 했다. 아이들에게 그림 지도도 한다고 했다. 남자의 첫인상은 괜찮았다. 온화하면서 진지했다. 나는 특정한 이상형은 없었지만 평소 사람은 마땅히 이러해야 한다고 생각하는 몇 가지 기준 같은 것은 있었는데 그런 것에 크게 어긋나는 사람은 아니었다.

둘 다 나이도 있고 어차피 '선'이라는 이름으로 만난 사이여서 우리는 자연스럽게 데이트 비슷한 것을 하였다. 남자의 승용차로 대전 일대를 돌아다녔고 저녁 식사와 차를 함께 하였다. 깊은 이야기는 없었지만 크게 어색하지는 않게 이런저런 이야기들을 나누었다. 밤에는 각자 자기 숙소로 돌아가 잔 다음 이튿날에도 아침에 만나 오후까지 함께 시간을 보냈다.

승용차를 타고 돌아다닐 때 나는 남자의 운전 매너에 조금 실망을 했다. 대화를 할 때는 사려 깊어 보이는데, 운전은 타인에 대한 배려가 별로 없고 자기 마음대로였다. 그 정도를 갖고 위선이니 이중성이니 말할 순 없겠지만 어쩐지 깊은 신뢰가 안 가는 건 사실이었다.

그러다가 결정적으로 내 마음을 닫게 한 일이 있었다. 대전 국립묘지 앞에서 신호를 기다리고 있었는데, 그때 몇 명의 폭주족들이 오토바이를 몰고 차 옆을 빠르게 달려갔다. 그것을 보고 남자가 말했다.

"나도 저런 거 하면서 좀 자유롭고 거침없이 살고 싶어요."

특별히 거슬릴 말은 아니다. 남자는 폭주족이 되고 싶다는 말을 한 게 아니라 거침이 없는 자유와 열정을 이야기했다고 생각한다.

그런데 이상했다. 그 말을 듣는 순간 남자가 갑자기 철없어 보이는 것이었다. 나도 평소에 속박을 싫어하고 매사에 도전적이지만 남자의 말은 어딘지 나이에 어울려 보이지 않았다.

나중에 생각해 보니 아마도 사소한 실망들 몇 가지가 쌓이면서 남자의 근본에 대한 신뢰를 갖지 못했던 게 아닌가 싶다. 아무튼 그 말을 듣고 나자 이 사람은 결혼할 만한 상대는 아니구나 하는 생각이 굳어졌다. 죽자 사자하던 연인도 사소한 버릇 하나를 이해하지 못해 헤어지는 게 남녀 사이 아니던가.

나의 짧고 유일한 데이트는 그렇게 끝났다. 그 데이트에서 얻은 소득이라면 내 안에 뜻밖에도 보수적인 정서가 강하다는 걸 깨닫게 해주었다는 점이다. 나는 내 자신이 틀을 깨는 일탈을 좋아한다고 스스로 알고 있었는데 그렇지만은 않은 모양이었다.

나는 최근에 와서야 결혼하지 않은 것을 조금 아쉽게 생각하고 있다. 후회까지는 아니다. 그냥 나이가 들고 보니 조금 약해진 탓인지도 모른다. 공연히 마음이 허하다. 서로 아무런 견제 없이 속 깊은 대화를 나눌 사람이 그립다.

그리고 전에는 그런 생각을 해본 적이 없는데 요즘 와서 절실하게 느끼는 것이 '어머니'라는 여성성이다. 여성만이 할 수 있는 가장 고귀한 일은 생명을 탄생시키고 양육하는 것이라고 생각한다. 그래서 세상에서 가장 숭고한 말이 어머니라는 단어 아니겠는가. 예전부터 어머니라는 존재에 그처럼 의무 부여를 해왔고 구체적으로 나의 어머니에 대해서도 절실한 감정들이 있음에도 그 자리에 내가 선다는 생각은 해본 적이 없었다. 그러나 최근에는 여자로 태어나 어머니 한 번 못 되어봤구나 하는 생각이 묘한 통증으로 다가오고는 한다.

수십 년 동안 그토록 '여자'를 버리고 싶어 하며 살아왔는데, 나 역시 여자는 여자인 모양이다.

여군 5인방,
그리고 최초의 여장군

한때 '여군 5인방'이라는 말을 주변에 많이 하고 다녔다. 이 말은 공적으로 언급되는 말은 아니고 어느 날 문득 내가 만든 말이다. 여군 5인방이란, 당시 여군 서열 1위부터 5위까지 여군을 말한다. 구체적으로 말하면 여군학교장인 엄옥순 대령, 역시 대령인 여군 담당관, 중령인 여군대대장, 그리고 마지막 두 명은 중령인 나와 나의 동기생이다.

내가 그들을 5인방으로 지칭해 불렀던 건 단지 여군 서열 상위에 있어서가 아니라 당시의 시대적 상황 때문이었다. 이 5인방 중 세 명이 암에 걸렸다. 병이야 누구든 걸릴 수 있는 거지만 30년 가까이 군에 복무한 여군 최고참 다섯 명 중 세 명이나 암에 걸린 건 남군 위주의 군에서 그만큼 심리적·육체적 스트레스가 많았던 것이 주 원일일 거라고 보기 때문이었다.

이들 세 명은 모두 미혼이었다. 개인적인 생각이지만 하급자이고 주변에 동기가 많이 있을 때에는 결혼을 하지 않고서도 함께 지내면서 서로 대화를 통해 갈등의 해소가 가능하지만, 나이 찬 미혼의 여군들이 영관급 계급을 달고 남자 군인들 틈에서 복무하는 것은 큰 스트레스였을 거라고 생각한다.

1980년대부터 1990년대까지는 여군의 격동기라고 할 수 있다. 1980년대 중후반부터 여성의 사회적인 지위가 높아지는 현상에 맞춰 군에서도 여성 상위 바람이 불었고 여러 가지 변화가 잇따랐다. 그러나 제도와 정책은 전향적으로 바뀌었어도 현실은 늘 그것을 따라가지 못했다.

이들 5인방 세대는 여군이 남군의 보조 역할만 하던 취약한 시대에 군에 들어와 여군 지위 향상을 경험했고, 제도와 현실의 괴리를 몸으로 감당하면서 뒤에 오는 후배들도 끌어가야 하는 벅찬 상황에 처해 있다. 그나마 우리 뒤의 후배들은 고학력에다 민주화라는 것을 경험하며 의식이 깨어 있지만, 이들 5인방은 격동기를 그저 온몸으로 치러낸 여군 중간 세대들이라 할 수 있다.

나의 10년 후배인 어느 위관장교는 현역 시절 한 여군 세미나에서 다음과 같은 발표를 하였다.

군인이 셋 이상 모이면 누구나 쉽게 이야기하는 주제들이 있다. 부대 근황, 차후 보직, 그리고 진급에 대한 담론들이다. 그들에게는 군에서 제시하는 일련의 비전들이 있다. 무슨무슨 자리를 거쳐 어떤 자세로 근무하면 어디까지 진출할 거라는 소박한, 때로는 비장한 청운의 꿈들을 가지고 군복을 입는 자부심을 느낀다.

하지만 군 생활을 웬만큼 영유한 젊은 여군들 셋이 모이면 이와 다른 양상으로 화제가 이어진다. 우리가 가야 할 길은 어디인가, 군의 수뇌부나 정책 부서 실무자가 바뀌고 난 후 보직을 주는 원칙이 바뀌었다더라, 누구는 아는 사람 덕으로 중대장 보직을 얻었다더라…… 이들에겐 미래에 대한 청사진은 희미하고 단지 막막한 바다를 항해하는 길 잃은 선장의 등대처럼 프런티어 정신만 빛난다. 2000년대를 코앞에 둔 우리 여군에게 절실하게 필요한 것은 무엇인가?

세미나를 통해 수차에 걸쳐 언급했지만 군의 1퍼센트도 안 되는 우리 여성들의 작은 바람을 좀 더 감정을 이입하여 표현하자면 "남성들이 교자상에 차려진 밥상을 먹는 동안 우리들은 부엌이 아닌 그 같은 밥상 한 귀퉁이에 작은 밥그릇이라도 얹을 수 있기를……"이라면 너무 과장된 표현일까?

1990년 이전에 입대한 나 같은 사람에게 군이 1990년 여군병과 전환이후 8년간 우리에게 개방해 준 문호는 나름대로 생각지도 않던 분야까지 기대 이상의 혜택으로 작용하기도 하였음을 부인하지 않는다. 지금은 16개 병과의 어린 여군 소위들과 육·공군 사관학교 여자 생도들이 더운 날씨에도 땀 흘리며 청운의 꿈을 키우고 있다.

하지만 그들이 군의 기존 조직 내에서 부딪히게 될 장벽은 사회 직업여성들이 겪는 불평등과 다르지 않으며, 장기나 복무 연장, 보직 관리와 같은 기초적인 부분부터 극복해야 할 장벽으로 이들 앞에 버티고 있고, 여군 하사관 같은 경우 구조적으로 보직조차 여군 부대로 국한

되어 남군과 선의의 경쟁 속에서 진출할 수 있는 기회조차 주어지지 않는다. 무엇이 문제인가?

이들에게 절대적으로 필요한 것은 정상적인 관리이다. 정상적이라는 말은 남과 다르지 않게 충분히 미래를 예측하며 현재를 살아갈 수 있도록 예정되어진 청사진 속에서 생활하기를 바라는 것이다.

5인방 세대보다 10년이나 늦은 여군도 여전히 이런 현실을 보내고 있다. 그러니 5인방 세대의 고충과 피로감은 어땠을 것인가. 내가 만들어 낸 '여군 5인방'이라는 말은 격동기를 지나온 여군 동료 선배들에 대한 애정과 동병상련의 표현이었던 것이다.

5인방 가운데 내가 가장 안타깝게 생각하는 사람은 엄옥순 대령이다. 이분은 내가 여군 훈련소에 입소했을 때 우리 중대장이었는데, 나중에 특전사 중대장도 거치고 대령으로 진급한 후에는 육군 역사상 최초로 여성 연대장을 지냈다. 경력이나 개인적 능력 면에서 충분히 장군이 될 만한 사람이었다.

1990년대 후반에는 사회나 군의 분위기도 최초의 여성 장군을 기다리고 있었다. 김대중 국민의 정부는 정책적으로 여성 장군을 임명할 계획을 세우기도 하였다. 이런 흐름 속에서 군에 한평생을 바쳐 왔고 여군 서열 1위인 엄옥순 대령으로서는 당연히 장군 진급을 희망하였다. 군에서도 그녀를 장군으로 진급시키기 위한 과정이 진행되었다.

그런데 이 무렵 엄옥순 대령이 위암에 걸리고 만다. 군 규정상으로는 군인이 암 같은 위중한 병에 걸리면 진급은커녕 군복을 벗어야 한다. 일단 발병 사실이 알려지면 설사 완치했다 하더라도 이 규정을 적용 받는다. 치료가 되어 복무에 영향을 주지 않아도 강제 전역을 해야 하니 조금은 불합리한 규정이라 할 수 있다.

엄옥순 대령은 일단 병에 걸린 것을 감춘 채 암 수술을 무사히 치렀다. 그런데 진급을 추진하는 과정에서 한 간호장교에 의해 발병 사실이 드러나 버렸다. 암 환자에게 진급 자격이 있는가 하는 논쟁 중에 또 다른 대령인 여군 담당관이 장군 후보로 언급되었지만 경력상 아직 이르다는 게 중론이었다. 이런 과정을 지나 결국 간호병과의 양승숙 대령이 여성 최초의 장군이라는 명예를 안게 되었다.

마땅히 축하할 일이지만 이런 결과는 솔직히 많이 아쉬웠다. 간호장교들이 들으면 서운할지 모르겠지만 간호병과는 사실 여군이라기보다는 전문직 기술인에 가깝다. 한 예로 여군 장교는 아이를 낳으면 전역해야 하고 부사관의 경우는 결혼 자체를 할 수 없게 돼 있지만 간호병과는 결혼에 상관없이 근무할 수가 있다. 성별이 여성일 뿐 간호장교는 일반 여군이 아니라 간호라는 특수병과에 속해 있는 것이다.

간호장교도 물론 군인으로서의 사명감을 가질 수 있고, 간호 업무가 군의 필수적인 기능 중의 하나인 것도 사실이다. 그러나 최초의 여성 장군이 갖는 의미와 상징성을 생각하면 특수병과인 간호병과보다는 일반 여군에서 장군이 나왔어야 하지 않을까 하는 게 내 생각이다.

장군이 되면 병과장을 제외하고는 병과가 없어진다. 즉 장군이라는 고위직의 특성상 특정한 병과의 업무에 국한되는 게 아니라 모든 병과를 다 맡을 수 있는 자격 혹은 의무가 주어지는 것이다. 그러나 간호병과는 특수 전문직이라는 그 특성상 여군의 다른 병과를 지휘할 수가 없다. 절름발이 장군인 셈이다.

실제로 군에서는 양승숙 장군을 임명하면서 그 보직을 육군간호사관학교장으로 제한하였다. 간호사관학교의 생도는 고작 300명에 불과하다. 그 300명을 지휘하기 위해 여성 장군이 있다는 것은 뭔가 잘못된 것이다. 여군의 다른 병과에도 장군이 있다면 모를까 언제 또 여성 장군이 나올지 모르는 상황에서 최초의 여성 장군이 간호병과에서 나왔다는 건 그런 면에서 아쉬움을 남긴 일이었다.

암, 새로운 전투

20₀₂년 7월. 우리나라에서 처음으로 월드컵을 개최하여 온 나라가 월드컵 열기로 뜨거울 때였다. 그때 나는 항공학교에서 전투실험계획과장으로 복무하고 있었다.

어느 날 목욕을 가서 때를 미는데 가슴에서 이상한 혹 같은 게 만져졌다. 손으로 눌러도 들어가지 않을 정도로 딱딱했다. 신경이 쓰였지만 별 생각 없이 목욕을 마치고 집으로 왔다. 집에 와서 옷을 갈아입으며 또 눌러보았다. 여전히 눌러지지 않았다. 그제야 조금 이상하다는 생각이 들었다.

항공학교 군의관은 주로 외과의사이고 남자였다. 군의관에게 가봐야 소용없을 것 같았다. 군에는 산부인과 의사가 없어 여성 병을 진단하거나 치료할 때에는 의료보험 혜택이 안 되더라도 민간 병원에 갈 수밖에 없었다.

부대 안에 여성이라곤 나뿐이어서 물어볼 만한 사람도 없었다. 그래서 간호사 출신인 언니에게 전화를 걸었다. 언니는 언제 처음 혹을 발견했는지 묻더니 전화만으로는 자세히 알 수 없으니 상태 변화를 더 지켜보자고 했다. 통화를 하고 나자 오히려 슬그머니 불안한 마음이 들었는데, 일단 기다려 보는 수밖에 없었다.

보름 정도 지나도 혹은 여전했다. 다시 언니에게 전화를 했더니 병원에 가 보는 게 좋겠다고 했다. 나는 외박 허가를 받아 부대를 나왔다. 그러고는 곧바로 언니와 함께 수원에 있는 한 병원으로 가서 진찰을 받았다.

의사가 혹을 핀으로 눌러보는데 핀이 휠 정도로 딱딱했다. 겉으로만 봐서는 양성인지 악성인지 알 수 없는데, 딱딱한 것 자체는 그리 나쁜 건 아니라는 게 의사의 말이었다. 그러면서 조직 일부를 떼 내어 정밀 검사를 해보자고 했다. 검사를 하려면 수술을 해야 하므로 하루 정도는 입원하라고 했다.

언니는 어차피 수술을 해야 한다면 큰 병원에 가는 게 좋겠다고 했다. 부대로 들어가 봐야 하기 때문에 갑자기 입원 결정을 할 수도 없었다. 나는 종합병원인 아산병원에 예약만 해놓고는 일단 부대로 복귀하였다. 20일 후에 아산병원으로 가서 유방암 전문의에게 진찰을 받았다. 그 의사는 손으로 만져보기만 하고도 99퍼센트 유방암이라는 진단을 내렸다. 정밀 검사를 받은 후 제거 수술을 해야 한다고 했다.

암에 대해서는 크게 걱정하지 않았다. 죽을병은 아니고 수술만 하면 된다고 하니 불길한 상상이 떠올랐던 것에 비하면 오히려 안심이었다. 그러나 나에겐 더 큰 걱정이 하나 있었다.

당시는 진급 심사가 얼마 안 남았을 때였다. 나는 내심 진급을 기대하고 있었다. 1995년도에 중령이 된 후 어느덧 7년이 지나 있었던 것이다.

내 동기에 해당하는 남군이나 후배급에서까지 이미 대령 진급을 한 사람들이 있었기에 시기적으로 나도 진급을 바라볼 만한 때였다. 그런데 병에 걸린 것이 알려지면 당연히 낙천 사유가 된다.

나는 엄옥순 대령을 떠올렸다. 장군 진급을 눈앞에 두고 암 때문에 좌절되었던 그 안타까운 사례가 내 일이 되려 하고 있었다.

수술을 좀 미룰 수 없겠느냐고 의사에게 물었더니 한두 달 정도는 늦춰도 상관없다고 했다. 그래서 수술 예약만 해놓고는 다시 부대로 돌아왔다. 10월 초에 진급 발표가 있었다. 진급이 되지 못했다. 10월 5일자 일기를 보니 이렇게 적혀 있다.

"올해 역시 비선. 그래 어쩔 수 없지, 받아들이는 수밖에.

일단 치료에 최선을 다 해야지. 마음이 몹시 아리군. 언니와 함께 수원으로."

나는 며칠 휴가를 얻어 다시 아산병원으로 갔다.

수술 상담을 할 때에 의사가 물었다. 혹이 있는 부위만 부분 제거를 할 것인지 전이가 안 되도록 아예 유방을 완전히 제거할 것인지 하는 물음이었다. 완전히 제거해도 나중에 복원할 수는 있다고 했다.

잠시 생각을 해보았다. 의사의 질문과는 조금 동떨어진 생각을 하

218

고 있었다. 그동안 군 생활을 해오면서 가장 불편한 것 중의 하나가 가슴이었다. 나는 늘 여성으로서 특별한 배려도 차별도 없이 남군과 동일하게 근무하고 싶었다. 그런데 내 가슴은 외형상으로도, 실제 활동에서도 어쩔 수 없이 여성의 한계를 드러냈다. 그래서 나는 훈련소나 조종 등 활동이 많은 곳에서 근무할 때면 압박 붕대로 가슴을 칭칭 동여매곤 했다. 이놈의 가슴 좀 없었으면 좋겠다고 그때마다 얼마나 많이 생각했던가.

"저기요 선생님, 이쪽까지 둘 다 완전히 제거를 하고 싶은데요."

느닷없는 내 말에 의사는 깜짝 놀랐다. 암이 발생한 부위야 그렇다 치고 멀쩡한 가슴까지 제거하겠다니 놀랄 만도 했을 것이다.

"그러면 안 되나요?"

"안 되는 게 아니라……. 그럴 필요가 없지요. 이쪽까지 전이가 될 위험이 있다면 그렇게 할 수도 있지만 의학적으로 전이될 위험은 거의 없거든요."

"그래도 해주세요."

스스로 양쪽 다 절벽가슴으로 만들겠다는 내 말에 의사는 이해할 수 없다며 허허 웃기만 했다. 옆에서 이야기를 듣는 젊은 인턴들은 아예 미친 여자 아닌가 하는 표정들을 짓고 있었다. 가족과 상의했느냐고 의사가 물었다. 나는 그제야 내 직업이 군인임을 밝히고 나서 건강에만 지장 없다면 직업상 백해무익(?)한 가슴을 이참에 없애 버리고 싶다고 솔직하게 말했다.

"건강에 별 지장은 없지만 그래도 가슴은 여성이 상징인데 심리적

암은 나에게 새로운 도전이었다. 그리고 나는 암과 싸워 승리했다. 그 어떤 고난도 나에게는 적이 될 수 없었다. (2003년, 암 투병을 끝내고 부대 복귀에 앞서 1박 2일의 짧은 여행 중 망상해수욕장에서)

으로 허전하지 않겠어요? 나중에 후회하게 될지도 모르는데……."

"후회하게 될지도 모르지요. 그래도 해주세요."

수술은 간단하게 끝났다. 의사가 특별히 신경을 써주어 수술 부위도 비교적 깨끗하게 마무리되었다.

그 후 4년이 지났지만 아직까지 후회해 본 적은 없다. 다만 가슴이 무언가에 부딪치면 심리적이 아니고 육체적으로 허전했다. 남자들이야 태어날 때부터 그랬겠지만, 완충 작용 없이 바로 가슴뼈가 부딪치니까 처음엔 아주 이상했다. 이젠 그것도 많이 익숙해졌다.

가끔 목욕탕에서 가슴을 내려다보곤 했다. 허전하진 않지만 기분이 잠깐씩 묘하곤 했다. 군복을 입은 채 거울을 보기도 했다. 가슴이 드러나지 않는 군복 맵시는 특별히 더 좋아 보이지도 나빠 보이지도 않았다. 아무튼 그것도 초기 한때였다. 지금은 가슴을 내려다보는 일도 없다. 어차피 더 나이 들면 누구나 밋밋해지고 마는 게 여성의 가슴이다.

또다시
우뚝 서기 위하여

가슴 수술 후에 한동안 방사선 치료를 받았다. 혹은 제거되었지만 예방 차원에서 한 달에 한 번씩 네 번에 걸쳐 항암 주사를 맞았다. 항암 주사는 아프다고 들었는데 맞아 보니 정말 보통이 아니었다. 처음에 빨간색 주사약을 맞는데 주사를 맞자마자 눈에서 번쩍 불이 나면서 입안 전체가 화해졌다. 장난이 아니구나 싶었다. 그러나 몇 분이 지나 약 기운이 몸에 퍼지자 기분이 묘해지면서 그런 대로 견딜 만했다.

의사가 여러 가지 주의 사항을 말해 주었다. 머리가 빠지게 될 거다, 변비도 올 수 있으니 식이섬유를 많이 먹어라, 적혈구와 백혈구가 많이 줄고 면역성도 떨어지니 사람들 접촉하는 데 조심해라. 듣기만 해도 기가 죽는 그런 이야기들이었는데, 사람마다 오는 게 다른지 나는 비교적 괜찮았다. 가끔 울렁거리기는 했지만 식사도 꼬박꼬박 잘해서 치료 기간 중에 오히려 몸무게가 늘었다.

17일 만에 퇴원했다. 입원해 있는 동안 거의 하루도 빠짐없이 사람들이 면회를 와주었다. 현역 동료들은 물론 군을 떠난 옛 동료들까지 찾아와 주는 것에 고맙고 든든했다. 우여곡절 많았던 군 생활이지만 그래도 아주 잘못 살지는 않았나 보구나 하는 생각이 들었다.

항공학교로 복귀하자 학교장이 진심으로 내 건강을 걱정해 주면서 열심히 일하라고 격려해 주었다. 내가 은근히 걱정했던 병력 문제도 염려할 필요 없다고 했다.

"군 생활 23년이나 한 사람인데 그것 하나 못 봐주겠는가. 오히려 자네를 치료하게끔 하면 다른 장교들의 사기도 올라가지. 그게 바로 전투력 향상에 기여하는 것 아니겠어?"

학교장이 그렇게 말씀해 주시는 것에 감동했다. 항공 안에도 이런 분이 있었구나 하고 새삼 고마움을 느꼈다.

건강은 체력이라는 생각에 나는 그 어느 때보다 운동도 열심히 했다. 일과 근무가 끝나면 1시간 30분 걸리는 등산 코스를 매일 올랐다. 어쩌다 근무가 늦어 어두워지면 랜턴을 챙겨서 산에 올랐다.

2주 정도 지나자 머리카락이 빠지기 시작했다. 그동안 상태가 아주 좋아서 혹시 하고 기대를 했는데 여지없이 머리카락이 빠지자 마음이 쓸쓸했다. 차츰 감당 못할 정도로 머리카락이 빠져 몸과 주변이 아주 지저분해졌다. 그래서 아예 삭발을 해버렸다. 미용실에 함께 따라온 언니는 내가 머리를 미는 동안 울고 있었다. 그런 언니를 보면서 나는 "언젠가는 한 번 삭발도 해보고 싶었는데 하늘이 기회를 주네" 하고는 웃어 주었다. 미용실에서 나와서는 가발을 하나 구입했다. 머리를 밀

때보다 가발을 손에 받아 들자 오히려 왈칵 눈시울이 뜨거워졌다.

부대에서는 내가 무슨 병에 걸렸는지 정확히 몰랐다. 규정으로 치면 내 스스로 병명과 치료 상태를 구체적으로 보고해야 했지만 솔직히 그러기가 싫었다. 근무에 지장이 없는데 공연히 예민한 시선을 받고 싶지 않았다. 불이익을 받을 것도 걱정되었다.

그러던 어느 날 가발을 벗고 부대에 출근했다. 그때는 항암 치료를 끝낸 지 한참 되어 머리가 다시 자라나고 있을 때였다. 부대에서 여름 체육대회를 하고 돌아와 너무 더워 가발을 벗어 말렸는데, 다음 날 다시 쓰려고 하자 형태가 이상하게 찌그러져 있었다. 그래서 가발을 벗고 짧은 스포츠머리 상태로 출근했다.

내가 병에 걸렸던 것을 막연히 알고 있던 부대 동료들은 그제야 깜짝 놀라서 물었다. 나는 유방암에 걸려 항암 치료를 받았다고 솔직히 이야기했다. 사람들은 내 이야기에 조금 놀라워하면서도 수술을 하고도 여러 달 동안 이상 없이 근무해 온 걸 보아 온 터라 다행히 대수롭지 않게 들어주었다.

군에서는 1년에 한 번씩 신체검사를 하는데 그때는 조금 문제가 되었다. 다른 증상이 없다 해도 심전도 등의 검사를 하게 되면 수술을 한 흔적이 발견된다. 그런 병력이 위에 보고되면 어떤 조치가 내려올지 모르는 일이었다. 나는 신체검사를 하는 담당 군의관에게 솔직히 부탁했다. 근무에 전혀 지장 없었고 지금은 어떤 후유증도 없으니 모른 체 해달라고 말했다. 근무 잘하고 있고 당장 치료를 받아야 하는 것도 아니니 담당관만 모른 체 해주면 되는 일이었다.

내 병력을 부대에서도 알고 있고 나의 상급자도 문제 삼지 않고 있다는 걸 안 군의관은 다행히 그냥 넘어가 주었다. 신체검사 기록부에는 병력이 기록되고 검사 불합격으로 처리되긴 했으나 그 이상의 문제로는 확대되지 않은 것이다.

그렇게 해서 나는 암 수술을 하고도 몇 년 동안이나 아무 탈 없이 근무할 수 있었다. 2004년도에는 항공학교의 학생대 장으로 발령 받아 1년 동안 학생대 지휘도 차질 없이 수행하였다. 첫 취임식 날 마흔아홉 된 여성이 전투복에 철모를 쓰고 병력을 지휘하는 모습에 취임식에 참석한 민간인들조차 신기해 했다.

그런데 학생대장으로 1년쯤 근무한 2005년 9월에 문제가 생겼다. 항공학교 실무자들이 상부에 이의를 제기한 것이다. 신체검사에서 불합격된 사람이 어떻게 계속 군에서 근무할 수 있느냐 하는 문제제기였다.

암묵적으로 묵인되어 오던 일이 갑자기 문제가 된 것은 한마디로 '괘씸죄'였다고 생각된다. 그 얼마 전부터 새로 온 학교장과 사이가 좋지 않았는데, 그 학교장이 실무자들에게 병력에 대한 조치를 직접 지시했던 것이다. 그렇게 해서 나는 한순간에 학생대장 직위에서 해임되고 논산병원으로 이송되었다. 암 수술 후 3년 만이었다. 연금 상태와 비슷한 지루하고 고통스러운 대기 발령의 나날이 그렇게 시작되었다.

괘씸죄에 걸려
환자가 되다

항공학교의 학생대 대장으로 근무하고 있던 중에 학교장이 바뀌었다. 군대이든 일반 사회이든 장(長)이 바뀌면 기대도 하고 우려도 하게 된다. 장이 어떤 사람인가에 따라 전체 분위기가 달라지고 근무 환경도 영향을 받기 때문이다.

전에 근무하던 학교장은 성품이 좋은 분이어서 모두와 원만하게 지냈다. 새로 오실 분은 육사 출신으로 아주 잘 나가는 사람이라는 소문이 돌았다. 군인답고 매사에 열정적이라는 평이었다. 그처럼 인물평도 괜찮고 훌륭한 군인이라는 말에 은근히 기대가 되었다. 상급자로 모시는 분이 훌륭하면 하급자도 기분이 좋다. 또 소위 잘 나가는 분을 모시게 되면 나중에 진급할 때도 유리한 게 사실이다.

그런 기대 속에 부임해 오신 분답게 첫인상은 과연 남자답고 군인다웠다. 목소리가 패기 넘치고 부하들 앞에서의 카리스마도 보통이 아니었다. 육사 출신으로서의 자부심도 보였다. 항공학교는 소수 병과이기 때문에 육사 출신이 많지 않다. 육사 출신으로 항공병과라면 병과의 최고 지휘관까지 일사천리로 올라갈 수가 있다. 본인 스스로 그것을 충분히 인식하고 있는 긍지와 자부심이 느껴졌다.

그런데 차츰 지내다 보니 독선적이고 권위적인 면들이 보이기 시작했다. 모든 일에서 자기 말이 최고여야만 하는 식이었다. 예를 들어 업무와 관련하여 아이디어를 내라고 하여 누군가 아이디어를 올리면 별 이유도 없이 그것을 잘 받아 주지 않는다. 무슨 일이든 정열적으로 움직이지만 자기 의지나 자기 지시로 시작되지 않은 일에는 관심이 없었다. 그런 성격이다 보니 그의 지시 사항에 대해서는 불합리한 점이 있다 하더라도 문제제기를 하지 못했다.

나는 학생들에게 자주 단체로 체력 단련을 시켰다. 어느 날 학교장이 부르더니 그런 걸 왜 시키느냐고 물었다. 군인이 수시로 체력 단련을 하는 건 당연하지 않느냐고 하자 앞으로는 자율적으로 하게 하라고 지시했다. 그래서 체력 단련을 중지시켰다. 그런데 얼마 후에는 아이들이 왜 이렇게 비실비실하냐며 운동 좀 시키라는 지시가 내려왔다.

학생들이 영내에서 이동할 때는 때에 따라 큰 걸음으로도 걷고 작은 걸음으로도 걷는다. 그러자 학교장이 말했다. 학생들을 한꺼번에 이동시키지 말고, 걸음도 무조건 작은 걸음으로 통일하라는 것이었다. 이후부터는 학생을 이동시킬 때 10명 단위의 그룹으로 나누어 이동시켰고, 걸음은 작은 걸음으로 통일시켰다.

그러자 얼마 후에는 학생들이 이동할 때 군기가 빠져 보이고 눈동자도 풀렸다면서 군인답게 이동시키라는 지시가 떨어졌다. 도무지 지시에 일관성이 없고 기분 내키는 대로였다.

학교장은 부대 회식 같은 술자리에서 특히 마음대로였다. 군대 생활이 몇 년 차이 나지도 않는 중령급 부하들을 사병 다루듯 함부로 욕하고 면박을 주었다. 노래방에 갔을 때 자기보다 먼저 앉았다고, 자기보다 먼저 노래 불렀다고 고함을 칠 때는 할 말이 없었다. 그리고 학교장은 술이 매우 셌는데, 자기가 술자리에서 일어나기 전에는 아무도 먼저 가지 못하게 했다. 나야 어떤 면에서 그런 술자리는 익숙해져 있지만 함께 술을 마시는 남자 부하들은 아주 힘들어했다. 식당에서도 학교장이 밥을 다 먹기 전까지는 아무도 먼저 일어날 수 없었다.

그러나 어떤 부하도 이런 일들에 대해 말하지 못했다. 보직과 진급에 직접 영향을 미칠 수 있는 학교장에게 미움을 살 수는 없는 것이다. 보직을 부여하지 않고 비행기도 타지 못하게 하면 경력을 쌓을 수가 없다. 직업적으로 군 생활을 하며 진급에 목을 걸고 있는 사람들에게 그건 치명적인 결함이다.

나는 여러 번 내 생각을 건의하고 내가 생각하는 지휘 방식을 주장하기도 했지만, 대체로 학교장의 지시를 모두 따랐다. 의견 차이가 나는 것들이 대개는 크게 중요한 일들이 아니었기 때문이다. 그렇게 지내던 중 결국 내가 학교장에게 미운털이 박히는 일이 일어났다.

준위 조종사들이 교육을 마치고 임관식을 하게 되었다. 준위 조종사는 일반 장교와 달리 조종 임무만 수행하는 일종의 별정직 직책으로서 군인뿐 아니라 민간인 중에서도 뽑아 조종 교육을 시킨 다음 준위로 임관시킨다. 그 임관식 행사를 주관하는 건 학생대장인 나의 고유 임무였다.

임관식 전날 예행연습이 있었다. 임관식에는 항공학교의 상급 부대인 교육사령부에서 쓰리스타인 교육사령관이 직접 와 참관하므로 미리 철저한 준비를 한다. 내가 부하들과 함께 예행연습을 하고 있을 때 행사 계획표가 내려왔다. 뜻밖에도 행사 계획표에 적혀 있는 임관식 지휘자의 이름이 내가 아닌 다른 중령이었다. 사전에 아무 말도 없던 갑작스런 변경이었다.

행정실에 전화를 했더니 학교장의 지시라고 했다. 항공학교에는 나 말고도 정비대장, 비행1대장, 비행2대장, 비행3대장 등 같은 중령 계급의 대장 지휘관들이 있었다. 학교장은 앞으로 모든 행사는 이들이 돌아가면서 순번으로 하라고 지시했다는 것이다.

학교장은 그전에 국기 계양식도 지휘관들이 순번제로 주관하라는 지시를 내린 적이 있었다. 국기 계양식이야 그럴 수 있지만 특정 지휘관 고유의 임무를 돌아가면서 하라는 건 납득하기 어려웠다. 나 대신 지휘 임무를 맡은 사람도 짜증을 내고 있었다. 자기 임무도 아닌데 번거로운 일 하나를 떠맡은 셈이기 때문이다. 내가 하기 싫어서 넘긴 줄 알고 괜한 오해까지 하고 있었다.

이튿날 아침 회의시간이었다. 아무래도 여성 차별이라는 생각이 들어 가만있을 수가 없었다. 혹 차별에서 나온 지시가 아니라 하더라도 내가 가만있으면 다른 지휘관이나 부하들도 내가 일을 넘긴 것처럼 오해할 수가 있었다.

나는 회의의 다른 사안 논의가 끝난 다음에 학교장에게 질문을 했다.

"갑자기 임관식 지휘자가 바뀐 이유를 듣고 싶습니다. 그 일은 제 고유 임무인데 어떻게 해서 다른 사람에게 맡기셨는지 말씀해 주셨으면 합니다."

학교장의 얼굴이 대번에 벌겋게 달아올랐다.

"고유 임무? 뭐가 고유의 임무라는 거야?"

터져 나오는 화를 겨우 참고 있는 듯했다.

"오해하신 것 같은데요, 제 말씀은 그게 아니라……."

그때 내 말을 끊으며 소리 지르는 사람이 있었다. 대령으로 학교장과도 매우 친한 부장 직책 장교가 나 대신 지원처장을 향해 욕을 퍼부었다. 회의석상에서 어떻게 저런 개인적인 이야기를 하도록 놔두고 있느냐는 거였다.

나도 가만있지 않았다. 부대 임무에 대해 말하는데 무슨 개인적인 일이냐고 항의했다. 회의 분위기는 당연히 싸늘해졌다. 자기에게 정식으로 문제제기를 한 경우를 처음 당해 본 학교장은 시종 얼굴이 굳어져 있었다.

그 일이 있은 후 학교장은 사사건건 나를 '걸고넘어졌다.' 나는 그런 노골적인 핍박에는 기죽지 않는다. 힘들고 불편한 건 사실이지만 관계 개선을 위해 비굴한 아부 같은 건 하지 않는다. 그러나 힘든 상황을 견딜 때면 때로 서글픈 감정이 복받쳐 오르기는 했다. 믿을 수 있는 사람 앞에서 펑펑 울고 싶기도 했다. 어쩌겠는가, 내 원칙 안에서 내 일을 하는 것만이 내가 할 수 있는 유일한 행동이었다.

그러던 중 나는 어느 날 갑자기 항공학교장의 지시에 의해 공중자격심사위원회에 회부되었다. 공중자격심사위원회란 조종사가 비행 근무를 계속 할 수 있느냐를 심사하는 곳이다. 이는 안전이 무엇보다 중요한 비행 근무의 특성상 조종사라면 매 분기마다 하게 돼 있는 것이었다. 즉 특별한 하자 사항이 없는 한 형식적인 절차를 거쳐 매 분기마다 조종 자격을 새로 부여 받는다.

그런데 나의 경우는 예정된 심위와 관계없이 항공학교장의 직권으로 심사위원회에 회부된 것이다. 사유는 신체검사에서 불합격 판정을 받았다는 것이었다. 심체검사야 암 수술 이후 매년 불합격 판정을 받았지만 근무에 전혀 지장이 없으므로 묵인돼 왔던 사항이었다. 바로 며칠 전에도 체력 검정에서 전 부대원이 보는 앞에서 남자들도 쉽지 않은 팔굽혀펴기 30회 만점을 받아 박수를 받았던 내가 아닌가.

공중자격심사위원회에서는 '이상 없음' 판정이 아닌 경우 제한, 정지, 해임 세 가지 가운데 하나로 판정된다. 제한이나 정지는 일시적인 조치이지만 해임은 조종 자격이 박탈되는 가장 무거운 판정이다. 나는 해임 판정을 받았다. 조종사가 조종을 할 수 없다면 근무 자체를 못 하는 게 된다. 그건 옷 벗고 나가라는 이야기나 마찬가지인 것이다.

해임 통보 얼마 후에는 국군논산병원에 입원하라는 명령이 내려왔다. 의무 조사를 해야 한다는 것이었다. 후유증 하나 없이 잘 근무해 온 사람을 갑자기 환자로 취급하며 병원에 입원하라니, 화가 나고 어처구니없었다. 거부하고 싶었지만 신체검사에서 불합격 판정을 받은 것은 사실인 만큼 문제를 크게 만들고 싶지 않았다. 건강에 이상 없으니 곧 퇴원하고 조종 자격도 다시 받을 수 있을 거라고 낙관하는 수밖에는 없었다.

나는 논산병원에 입원하여 의무 조사를 받았다. 그리고 얼마 후 심신장애 2급 판정을 받았다. 군 인사법에 따르면 장애 등급 1급에서 7급까지는 자동으로 전역하게 돼 있다. 강제 전역을 당할 상황에 놓인 것이다.

30년 가까이 내 삶의 중심으로 근무해 온 군에서 이렇게 밀려나야 하는가! 억울했다. 앞이 캄캄했다. 여러 날을 고민한 끝에 나는 마지막 희망으로 육군 참모총장 앞으로 서신을 띄울 생각을 했다.

육군 참모총장에게
보낸 편지

총장님! 안녕하십니까?

항공학교 학생대장 직을 수행하고 있는 피우진 중령입니다.

요즘 군에 화두가 되고 있는 것은 '혁신'이요, 그 혁신에 핵심은 '사람'(전우)입니다. 사람이 사는 곳, 사람끼리 서로가 서로를 인정하고 배려하며 사는 것이 진정 전쟁을 준비하는 군인들의 자세인 걸로 알고 있습니다.

그러나 이곳은(항공학교) 아직도 '동토의 왕국', 사람들의 모습이 지치고 힘들어 보입니다. 특히 장교들이 말입니다.

저는 오늘 군 생활 27년 가운데 17년간 달고 있던 조종사 '윙'을 떼었습니다. 이유는 2006년 정례신체검사에서 불합격(공중 근무자), 일반 장교 합격이라는 판정 때문이었습니다. 불합격 판정 이유는 3년 전 유방 절제술을 받았던 병력이 있다는 이유였습니다. 그러나 지난 3년간 정상인보다 더 건강하게 임무를 수행해 왔고 현재까지도 건강하게 지내고 있으며 제게 주어진 학생대장 직을 열정적으로 수행하고 있었습니다.

총장님! 너무 고통스럽고 또한 한스럽습니다.

군인의 몸은 국가의 것이라고 생각하고 소중하게 관리하며 열심히 살아온 제게 왜 이런 병이 발병을 했는지 안타깝고 세상이 원망스럽기도 했습니다.

지난 17년간 조종사 생활이 주마등처럼 스쳐 지나갑니다. 처음 여군을 받아들이는 항공병과에서의 제 생활은 도전과 투쟁으로 얼룩진 처절한 몸부림의 연속이었습니다.

모든 면이 불리한 여건 속에서 최초의 여군 헬기 조종사라는 수식어로 인해 겪지 말아야 할 것들까지 겪으며 살아오면서 엄청난 스트레스를 받았습니다.

특히 이곳(항공병과)에서는 여성으로서 모멸감을 느끼게 하는 성 관련 비하 발언들과 성희롱, 성차별이 만연되어 있는 가운데 제 모습은 점점 피폐해져 갔습니다.

조종사가 된 후 첫 번째 신체검사장에서 실로 충격적인 일을 당했습니다.

항공장교 신체검사는 일반 장교와는 달리 심전도 검사가 추가되어 있었고 심전도 검사는 상의를 모두 탈의하고 감사를 받아야 하는데, 당시 6명씩 한꺼번에 병실에 들어가서 남군 병사들에게 검사를 받았습니다.

여군들도 똑같이 그런 과정을 밟았고 여군 조종사 3명이 함께 병실로 들어가 남군 병사들에게 검사를 받았습니다. 남군 병사들에게 검사를 받는 자체가 수치스럽기도 했지만 그래야 되는 걸로 알고 검사를 받았습니다.

그런데 검사 이후 너무나 충격적인 이야기를 들었습니다. 함께 신체검사를 받으러 갔던 남자 조종사들이 저희를 검사했던 병사들에게 가서 여군 3명 중 누구의 유방이 가장 크냐고 물었고 돌아오는 버스 안에서 모두들 낄낄거리며 저희들을 야릇한 표정으로 바라보았습니다.

이때부터 저는 이 조직에서는 여자의 신체 구조를 드러내지 말고 살아야겠다는 생각을 하며 가슴을 압박 붕대로 칭칭 감고도 생활을 했고 늘 꽉 조이는 속옷을 입고 다녔습니다. 제게 있어서 유방은 화근덩어리로 여겨졌습니다.

그러다가 2002년 8월, 항공학교로 전입온 지 3개월 만에 가슴에 손톱만한 혹이 잡혔습니다. 진단을 받아봐야겠는데 군의관은 내과 군의관이었고 군 병원도 갈 수 없었습니다.

8월 외박을 신청해서 서울 현대 아산병원에서 진단을 받았습니다. 좌측 유방종양으로 판정을 받았고 종양 제거술을 해야 하는데 방법은 두 가지, 종양 부분만 제거하느냐, 좌측 유방 절제 후 복원을 하느냐였습니다. 저는 좌측 유방 절제를 선택했습니다. 평소 군 생활에 화근덩어리로 생각되었던 유방을 이번 기회에 완전 제거하고 홀가분하게 군 생활을 더욱 열심히 하자라는 생각으로 양측 유방을 모두 절제할 것을 요구했습니다.

의사들이 몹시 의아해 했고 몇 번이나 확인을 했습니다. 후회하지 않겠느냐고, 외국에서는 혹시 사례가 있을지 모르나 우리나라에서는 전례가 없는 상황이라면서 재차 확인을 했으나, 결국 저는 양측 유방을 모두 절제했습니다.

그리고 3년이 흘렀습니다. 지금도 저는 그때의 선택이 탁월한 선택이었다고 생각하며 진정 홀가분한 마음으로 군 생활에 임하고 있습니다.

군인은 민간 병원에서 수술을 받으면 그 기록을 최기 병원에 제출하게끔 규정되어 있고 종양은 무조건 전역에 해당하는 등급이 부여되게끔 규정되어 있습니다.

요즘처럼 암 환자가 국민의 30퍼센트를 웃돌고 있고 의료 기술의 발달로 몇 기냐에 따라 감기처럼 지나갈 수도 있는 상황에서 이러한 규정은 수정되어야 할 것입니다. 하지만 어쨌든 당시는 그 규정을 적용하게 될 것이라는 판단 하에 수술 후 전혀 아프지 않은 상태에서 결혼도 못한 제가 전역을 하게 되면 할 일이 없어지고, 스트레스와 패배감으로 오히려 죽을 수도 있겠다 싶어 보고하지 못하고 여기까지 왔습니다.

건강을 잃으면 모든 것을 잃는 것이라고 많은 사람들이 이야기하고 있습니다. 저도 공감하고 있습니다. 그러나 저는 건강합니다. 그리고 살기 위해서 군 생활을 선택했습니다.

수술 전보다 더욱 좋은 컨디션으로 생활을 했고 몸이 가벼워져 체력 측정에서도 더 우수한 평가를 받기도 하였습니다.

그런데 이제 와서 신체검사 불합격(공중 근무자), 일반 장교 합격이라는 판정을 받았다고 해서 17년 동안 달았던 조종사 윙을 떼게 하고, 공중 자격 해임을 시키면서 병원에 입원까지 하라고 합니다. 전역을 고려하고 있는 듯합니다.

지휘관 면담 한 번 없이 실무자가 규정이라 어쩔 수 없다면서 일방적으로 이렇게 몰아붙이는 것은, 이곳이 참으로 비정한 집단이며 제 상식으로는 이해할 수가 없습니다.

모르는 사람들은 도대체 피 중령이 항공학교에서 어떻게 근무를 했으면 기다렸다는 듯이 멀쩡히 근무하고 있는 사람을 신체검사 결과를 가지고 일말의 기회도 주지 않고 공중 자격 해임을 시켰으며 병원에 입원시키려 하겠느냐고 합니다. 혹시 아파서 근무를 소홀히 하지 않았느냐고도 합니다. 하지만 정상인들도 가끔은 전날 먹은 술로 인해 또는 감기 몸살과 같은 질병으로 근무에 지장을 초래했지만 저는 3년 동안 감기 한번 걸리지 않았고 새벽 일찍 출근하고 저녁 늦게까지 야근하며 건강하고 성실하게 최선을 다해 근무해 왔습니다.

이 부분은 조사해 보시면 모두 아실 수 있으리라 봅니다.

군 생활은 제 삶의 전부입니다.

전역하라고 하는 것은 저를 살지 말라는 것입니다.

이제 정년까지 3년 10개월이 남았습니다. 남은 기간 동안 한도 후회도 없이 군에 충성하고 명예롭게 전역할 수 있도록 도와주십시오.

저를 바라보고 있는 여군 조종사, 여군 정비사들도 있고 현재 학생대의 교육생들과 기간병이 있습니다. 그들에게 제가 어떻게 이야기를 하고 병원에 입원해야 하는지 난감하기만 합니다. 제가 잘못한 것이 무엇이 있기에 이렇게 가혹하게 일을 처리하는지 참으로 한스럽습니다.

처음에 종양이라는 판정을 받았을 때에도 이렇게 참담한 심정은 아니었습니다. 반드시 완치될 수 있다는 확신이 있었기 때문이었습니다. 그리고 제 의지와 노력으로 거뜬히 이겨 냈습니다.

군인은 규정과 절차를 지키며 살아야 함을 알기에 열심히 지키며 살아왔습니다. 그러나 규정도 시대에 따라 수정 보완되어야 하고 사람에게 초점을 맞추어 적용해야 한다고 봅니다. 여성으로서 삶을 포기해 가며 군 생활을 해보려고 했던 사람에게 합리적이지도 못한 규정을 적용하며 저의 삶의 의지를 꺾어 버리려는 항공학교 장교들에게 심한 배신감과 분노를 느낍니다.

총장님!

이와 같은 상황만 보더라도 항공병과에서 저희 여군들을 어떻게 관리하고 있는지 미루어 짐작되시지 않으십니까?

군인으로도 인간으로도 취급 받지 못하고 있습니다.

그저 선택한 길이기에 살아남기 위해 처절하게 버티고들 있습니다.

이 기막힌 사연들을 어떻게 모두 열거할 수 있겠습니까?

그나마 저마저 항공병과를 떠나면 우리 후배들은 어찌 되는지요.

규정을 운운하며 여군들에게만 철저한 잣대를 들이대고 있는 그들은 과연 규정을 얼마나 지키며 한 점 부끄럼 없이 살고들 있는지, 건강 역시 아마 아무도 자유롭지 못할 것입니다.

총장님!

바쁘신 가운데 소견을 끝까지 읽어 주심에 감사드립니다.

육군의 발전과 함께 총장님의 건승하심을 기원드립니다.

2005년 10월 14일

항공학교 학생대장 중령 피우진 올림

날개 잃은 새

의무 조사에서 장애 2급 판정을 받은 후 일단 병원에서는 퇴원했다. 그러나 기다려 보라는 참모총장의 답변 이후에도 달라진 건 없었다.

처음에는 기대를 했었다. 심신장애 2급을 받았으니 인사법 상으로는 전역해야 하지만 정상적인 근무를 수행할 수 있는 상태인 만큼 참모총장의 재량으로 보직이 주어질 수도 있을 거라고 생각했다. 그러나 사실 참모총장이 그 편지를 읽었는지조차 알 수 없다. 참모총장이 수신자로 돼 있기는 하나 그런 편지는 대개 아래에서 읽고 알아서 처리하는 게 관례이지 않던가.

나를 싫어하여 이참에 내보내고 싶어 하는 사람들이 적지 않은 것을 느낄 수 있었다. 물론 나를 돕고 싶어 하는 사람들도 많았다. 나는 그들에게 부탁도 하고 여기저기 내 나름대로 알아보기도 했다. 그러나 상황은 갈수록 힘들어져만 갔다.

일부 주변에서는 "장애 판정을 받고 전역하면 연금도 더 많이 받을 수 있으니 조용히 전역하라"고 권유하기도 했다. 하지만 청춘을 고스란히 바친 군에서 당당하게 복무하다 전역하고 싶은 나에게 그런 충고는 내 삶의 의미와 가치를 스스로 꺾으라는 이야기나 마찬가지였다. 나는 끝까지 버티기로 마음먹었다.

장애 판정이 나오자 나는 육군본부 중앙전공상심사위원회에 회부되었다. 전상이냐 공상이냐를 판정하기 위한 것이다. 전상은 전투를 수행하다 입은 상해일 경우이고, 공상은 일반적인 군 생활에서 입은 공적 상해를 말한다. 내 경우는 공상에 해당될 것인데, 중요한 건 어떤 판정이 나오는가가 아니었다. 전공상심사는 전역을 시키기 위한 준비 절차다. 이대로 있다가는 곧 전역심사위에도 회부될 게 틀림없었다.

나는 전공상심사위에서 요구하는 유방암 관련 진료 기록부 제출을 거부했다. 어떻게든 이 상황을 넘겨야만 했다. 심사위에서는 계속 자료 제출을 요구했고 나는 버티면서 안타까운 시간이 자꾸 흘러갔다. 그런 와중에 〈한겨레신문〉에 나에 대한 기사가 실렸다. 내 문제에 관심을 갖고 여러 가지 도움을 주던 인권실천시민연대에서 신문사 기자에게 나에 대한 이야기를 전해 주었던 것이다.

신문에 실린 내용은, 병에 걸려 근무가 불가능하다면 몰라도 이미 완치되었는데도 과거의 병력만으로 강제 전역을 시키는 것은 군에만 있는 불합리한 제도라는 문제제기였다. 이 기사가 나가고 나자 모 국회의원이 만나고 싶다는 연락을 해왔다. 솔직히 과거 몇 번의 경험상 국회의원을 신뢰하지 않지만 지푸라기라도 잡고 싶은 내 상황에서는 사양할 일이 아니었다.

다행히 그 국회의원은 정치적인 계산보다는 인간적으로 나를 도와 주고 싶어 했다. 무엇을 원하느냐는 물음에 나는 복직을 원한다고 말했다. 그것 말고 내가 무엇을 원하겠는가. 인사 규정대로 자연스럽게 전역한다 해도 나에게 남은 군 생활은 앞으로 3년뿐이다. 나는 그 3년을 현역으로 근무하다 명예롭게 전역하고 싶을 뿐이었다.

국회의원, 시민단체, 그 밖에 내 입장을 이해해 주는 군 선배들이 나름대로 힘을 써 주었으나 상황은 쉽게 바뀌지 않았다. 일차적으로는 내 병력이 현재의 군 인사법 상으로는 전역감인 게 사실이었고, 또 다른 문제라면 나를 도와주는 사람들 이상으로 나를 내보내고 싶어 하는 사람들이 많이 있다는 것이었다.

그나마 기대를 가질 만한 것은 하나 있었다. 여러 사람들의 문제제기로 군 인사법 개정을 위한 움직임이 시작되었던 것이다. 전해 들은 말에 따르면 전역에 해당되는 장애 등급을 받았다 할지라도 군 복무에 지장이 없고 본인이 희망한다면 계속 근무할 수 있도록 하는 완화 규정이 들어갈 것이라고 했다.

문제는 내가 전역하기 전에 그 완화 규정이 만들어지느냐 하는 점이었다. 어쨌거나 희망을 갖고 기다려 보는 수밖에는 없었다. 그래서 나는 일단 전공상심사위원회의 자료 제출 요구에 협조하였다. 예상대로 공상 판정이 나왔다.

이어서 얼마 후에는 전역심사위원회에 회부되었다. 내 문제가 공론화 돼 있고 군 인사법 개정이 준비되고 있다는 것을 심사위원들도 알고 있으므로 나는 일단 심사에서 전역 보류 판정을 받았다. 개정이 빨리 되면 복무가 가능해질 것이고, 개정이 너무 늦어지거나 아예 개정 취소가 되거나 하면 결국 전역하게 될 것이었다. 어쨌거나 희망 하나는 있는 셈이었다.

보류 판정이 나오자 다시 입원 명령이 떨어졌다. 전역 심사 대상이므로 군 보직을 받을 수 없으니 재심사가 있을 때까지 병원에서 대기해야만 했다. 정말이지 병원에는 다시 가고 싶지 않았다. 멀쩡한 사람도 병원에 가면 환자 같은 기분이 드는 법 아니던가. 근무를 안 해도 좋으니 부대에 남아 있고 싶었다. 하지만 기다리는 게 있으므로 일단은 명령을 따라야 했다.

나는 2006년 4월에 다시 국군논산병원에 들어갔다. 병원에 도착하자 특별 병실로 안내되었고, 환자복으로 갈아입으라고 했다. 나는 환자가 아니므로 그냥 전투복을 입고 있겠다고 했다. 그 때문에 입원하자마자 약간의 실랑이를 벌였다. 그러나 어쩔 수 없었다. 나는 환자복을 입고 특별 병실이라는 이름의 독실에 혼자 남겨졌다.

첫날 점심시간이 되자 철제 식판에 환자용 병식이 나왔다. 병실 침대에 앉아 물끄러미 식판을 내려다보고 있자니 마치 내가 연금을 당하고 있다는 듯한 기분이 들었다. 마음은 울고 싶은데 눈물은 나오지 않았다.

논산병원의 생활은 무료하고 쓸쓸했다. '날개 잃은 새' 같다는 건 그냥 상징적인 표현이 아니라 나의 실상이었다. 조종사 자격을 해임당하고 이제 군문에서마저 강제로 밀려날지 모르는 상태에서 환자 생활이라니…….

병원 환경 자체도 열악했다. 4월 하순인데도 병실이 추웠고, 특별 병실이라는 곳이 세면기 하나 달랑 있는데 온수도 나오지 않았다. 화장실은 수술실 쪽에 있는 여자화장실을 사용하는데, 저녁 8시면 폐쇄하기 때문에 복도 끝 중환자실 앞에 있는 화장실까지 가야만 했다. 간호과장인 소령에게 남자 중령이 입원해 있어도 이런 대우를 하겠느냐고 묻자 "규정이라서……" 하면서 말을 흐렸다.

하루 종일 할 일이 아무것도 없었다. 병원 생활이야 누구나 무료하겠지만 내 경우는 검사나 치료도 없고 병원장 회진도 받지 않으니 하루 내내 입 한 번 열 기회가 없었다. 그래서 늘 일기를 써 오던 습관대로 병실에서의 상념을 글로 적었다. 하루 종일 시간이 텅 비어 있어 그때그때 시간마다 끼적거렸으므로 일기라기보단 '시기(時記)'라고 해야 할 것이다.

하루 일과가 단조롭고 매일 똑같다 보니 나중엔 특별히 생각할 것도 없었는지 어느 날의 일기에는 그냥 이렇게만 적혀 있다.

06:00 기상

06:30 아침 식사

11:40 점심 식사

17:30 저녁 식사

21:00 화장실 문이 잠겨 있다. 일직실에 연락해서 문을 열었으나 안에 화장실 문도 잠겨 있다. 1시간 만에 화장실 사용.

황산벌에
바람이 분다

국군논산병원에서 한 달쯤 있다가 국군대전 병원으로 이송되었다. 논산병원의 환경이 너무 안 좋다고 내가 요청하여 이루어진 일이었다. 논산병원 담당자들은 자기들도 껄끄러운 환자를 데리고 있는 게 불편했던지 내 요청을 쉽게 받아 주었다.

대전병원은 기간병도 많고 환자도 많아 분위기만으로도 조금은 활력이 있어 보였다. 물론 나의 개인적인 일과는 하나도 달라지지 않았다.

무료하기 짝이 없는 병원 생활 중 군 조직의 비합리성을 새삼 확인한 일이 하나 있었다. 어느 날 의무장교 한 사람이 사병들을 데리고 와서는 병실 창문을 막아야 한다고 했다. 왜 그러느냐고 물었더니, 얼마 전 수도통합병원에서 사병 환자 하나가 창에서 투신한 일이 있었는데 그 일 때문에 모든 군 병원의 창문을 봉쇄하라는 명령이 떨어졌다는 것이다. 눈앞에 닥친 문제만 우선 막고 보자는 전형적인 '임시 땜빵' 행정이 아닐 수 없다. 횡단보도에서 교통사고가 나면 교통 안전 교육을 실시해야지 횡단보도를 없앨 것인가? 가뜩이나 더운 여름날 에어컨도 나오지 않는 병실에서 창문마저 막겠다니 울화가 치밀었다.

"피 중령님은 안 뛰어내리실 거지요?" 하는 농담마저 씁쓸하기 그지없었다.

씁쓸한 일이 또 있었다. 대전병원의 진료부장과 개인 면담을 했는데, 내가 유방 양쪽을 모두 절제한 것을 두고 양쪽에 다 병변이 있었느냐고 물었다. 환자의 의무 기록도 보지 않고 면담을 하는 게 한심했다. 한쪽만 문제가 있었다고 하자, 그럼 왜 양쪽을 다 절제했느냐면서 정신과적 치료를 받을 필요가 있겠다고 한다.

속으로 우스웠다. 내가 정말 정신과에 다녔던 것을 알면 완전히 정신상 문제가 있는 환자로 보겠군, 하는 생각이 들어서였다.

논산병원에 있을 때 하도 무료해서 외부 병원에 간다는 이유를 대고는 몇 번 외출을 한 적이 있었다. 그런 이유로 외출을 하면 민간 병원의 진료 예약서를 제출해야 한다. 실제로는 아픈 곳이 없고, 또 어디어디가 아프다고 소문나면 암 수술 후유증이라도 있는 것처럼 보일지 모르는 일이어서 나는 어느 정신과 병원에 가서 대충 심리 상담을 받고는 그곳 진료 예약서를 갖다 주었다.

병실에 앉아 이 글을 쓰고 있는 동안 육군본부로부터 연락이 왔다. 보류되었던 전역심사위원회가 곧 다시 열릴 것이라고 한다. 인사법 완화 규정의 개정이 계속 늦어지고 있으므로 현재 규정대로 심사하겠다는 것이다. 그렇다면 결과는 100퍼센트 전역으로 판정될 것이다. 이대로 군을 떠나야 하는가?

30여 년 동안 군을 사랑했던, 그리고 집착했던 마음을 비우기 위해 국토 종단을 떠난다. 코끝이 시큰해 오고 가슴이 벅차다. 겨울을 재촉하는 가을비가 흩날리는 길 위에서 지난 30년을 한 발자국 한 발자국씩 되새겨 본다. 나의 길은 이제부터 다시 시작이다. (해남 땅끝 마을에서 시작한 국토 종단. 2006년 11월 9일, 충북 영동에서 경북 상주로 가는 길 위에서)

전역 심사를 하기 위해 상이 등급 판단을 위한 전공유무심사도 다시 했는데 나의 상이 등급은 최하위인 7급으로 나왔다. 근무 여부를 결정짓는 장애 등급은 상위의 2급으로 판정되어 전역 대상이 되었는데, 막상 연금 액수가 걸린 상이 등급은 최하위인 7급으로 나온 것이다.

나는 전공상심사를 주관한 의무부서에 항의했다. 그랬더니 돌아온 대답이 "지금 활동하는 데에 아무 이상 없지 않느냐" 하는 것이었다. 이상이 없다면 장애 등급은 왜 2급이란 말인가. 전역은 시키되 연금은 많이 줄 수 없다는 말인가? 말도 안 되는 모순적인 조치를 행하면서도 당당하기만 한 군 행정에 대해 참을 수 없는 분노가 끓어오른다.

이대로 전역한다면 가정도 아이도 없는 오십대 초반의 여성으로서 무엇을 새롭게 시작할지 스스로도 모르겠다. 아직은 아무것도 생각해본 바가 없다. 그럼에도 나는 내 안의 선한 욕망들을 믿고 싶다. 정도를 걸어가는 한 운명은 결국 내 편일 거라고 믿고 싶다.

바람 부는 황산벌에 나가보았는가. 끝 간 데 없이 흔들리는 억새풀……. 계백 장군은 의자왕의 부름을 받고 죽을 줄 알면서도 황산벌에 진을 쳤다. 그리고 부하들과 장렬하게 죽어갔다. 그가 백제를 위해서만 싸웠을까? 자신의 삶을 완성하고자 하는 초지일관의 자세가 그의 모든 행동의 밑거름이었을 것이다. 그렇게 죽어간 계백 장군의 부하들의 혼이 오늘도 황산벌에 바람으로 불어온다. 그 바람을 맞으며 나도 초지일관 내 삶의 자세를 지켜 나갈 것이다. 잃을 것도 없고 얻을 것도 없는 내 인생이다.

오로지 앞으로 전진한다. 피닉스 오버!